JN189759

アベル・サンチェス

ミゲル・デ・ウナムーノ
富田広樹＝訳

幻戯書房

目次

ロゴ・イラスト――丸山有美
装丁――小沼宏之[Gibbon]

第二版への序文

この『アベル・サンチェス　激情の物語』（あるいは『とある激情の物語』とする方がよいのかもしれないが）第二版のゲラ刷りを校正するにあたって、国境の向こうの追放先、目と鼻の先ではあるが、それでも我が痛ましきスペインの外側でそれを行うにあたって[001]、この悲痛な物語を執筆した際にそれから解放されたいと思っていた愛国的な悲痛のすべてをふたたび自身の内に生き直すこととなった。読み返したくはなかった物語である。

この小説の初版は概ね、スペイン国内にあってみごとな成功をおさめなかった。ひとえに、私自身が描き、彩色に心を砕いた陰気で憂鬱な、その寓意的な表紙がそれを阻んだのであるが[002]、もしかすると物語自体の憂鬱な陰気さがそれを阻んだのかもしれない。読者は悪臭を放つ人間の魂の深い裂け目にメスをあてて膿汁を吹き出させることを望みはしないものだ。

しかしながら、イタリア語、ドイツ語、オランダ語に翻訳されたこの小説は、それらの言語で人々が考え、感じる国々でとてもみごとな成功をおさめた。そして我らがスペイン語を話す国々でも成功をおさめ始めた。とりわけ若き批評家ホセ・A・バルセイロが『見張り』の第二巻でこれに鋭敏な批評を加えてからのことである[003]。そのようにして、この第二版の必要性が生じたのである。

私の文藝について博士論文を準備しているアメリカ合衆国の若者がごく最近手紙を寄越して尋ねたのは、私がこの物語をバイロン卿の『カイン』から引き出したのかどうかということであったが、それに対して私は小説的（あるいは霧的）創作を書物から引き出したことはなく、自分が感じ、苦しんでいる（また享受している）、私を取り巻く社会生活と、自分自身の生から引き出していると答えることとなった。ある作家が作り出すすべての登場人物、もしそれを生き生きと作り上げるのであれば、詩人のすべての創造物は、それ自身矛盾を抱えていたとしても（また彼らのあいだで矛盾を抱えていたとしても）、その作者の私生児であり、嫡出子であって（彼らの生き続ける幾世紀を思えば、作者こそ幸いなれ）、それらは彼の一部分なのである。

苦難に満ちた彼の生涯の終りにあって、息を引き取らんとする時、我が哀れなるホアキン・モネグロは口にする。「なぜ私は憎悪の大地に生まれたのだろう？　そこでは『あなたの隣人をあなた自身のように憎め』こそが戒律のようだ」と。そして、今ふたたび我がホアキンがこれらの言葉を口にするのを耳にすると、このふたつの版を隔てる年月のあとで（それはなんという月日だったことだろう）、スペインの国民的癩の熱にまったき恐怖をおぼえ、自身にこう言ったのである。「だが……あの子を連れてきておくれ」と[004]。なぜならここで、我が生誕のバスクの土地（フランス側だろうとスペイン側だろうとおなじことだ）、そこを離れて三十四年の後に、長きにわたった他所への定住の後に、戻ってきたその場所で、私は自分の幼少期を生き直しているのだ。ここで次のように書いてからというもの、まだ三カ月と経ってはいない。

この道を早々に切り上げ、
かつてそうであった、多くの人々のうちの一人になれるのであれば、
最終的に、主よ、あなたが
子供時代に私に与えたものをお返しできるのであれば[005]。

だが、スペイン暮らしにおける私の経験のなんと悲惨なことか！ サルバドール・デ・マダリアガはイギリス人、フランス人、スペイン人を比較して、われわれみなが被る大罪の配分にあって、イギリス人にはほかの二者よりも偽善が、フランス人には強欲が、そしてスペイン人には嫉妬が与えられていると述べている[006]。そしてこのすさまじい嫉妬、民主的というよりもむしろスペイン人同様に扇動的な民であるギリシア人のいうプトノス[007]は、スペインの社会生活を腐敗させる原因でありつづけている。おそらくケベード[008]は誰よりもよくそのことを知っていた。ルイス・デ・レオン師[009]はそのことを知っていた。フェリペ二世[010]の高慢

はおそらくは嫉妬以外のなにものでもなかった。「嫉妬はカタルーニャで生まれたのさ」とかつてカンボ[011]は、サラマンカのマヨール広場で私に言った。なぜスペインであってはならないのだろうか？　中立な人々の、その家々の人々の、そして政治家たちに対する悪臭芬芬たる敵とは嫉妬でなくてなんだろう？　今日蘇った古の異端審問はどこに生まれたのであったか？

結局のところ、我がホアキン・モネグロの魂のうちに私が示そうとした嫉妬は、悲劇的な嫉妬、自らを防御する嫉妬であり、無邪気な嫉妬とさえ呼べるようなものであった。しかしもうひとつの嫉妬、我が民の魂の最も無防備な部分を貪っている偽善的で、陰険な、卑しい嫉妬はどうだろうか？　かかる集団的な嫉妬は？　最も優美な、あるいは最も深淵なるものに対する嘲罵に喝采を送るために劇場に足を運ぶ観客の嫉妬は？

ある悲劇的な激情（もしかすると最も悲劇的なものかもしれないが）を扱ったこの物語のふたつの版を隔てる年月の中で私は国民的癩の悪化を感じ取り、我がスペインの外で過ごさなければならなかった直近の五年余りで、古くからの伝統的な（そして伝統主義の）スペインの嫉妬が、生粋のそれが、ケベードの機知を、ラーラ[012]の才気を悲惨な目に遭わせたそれが、ある種の政治的な小党派を形成するにいたったことを感じ取ってきた。小党派とはいえ、あらゆる恥じ入った、偽善的な、弱体化したものとおなじく、嫉妬が防衛的な集まりを形成するのを、あまねき自然な崇高さに立ち向かうのを目にしてきた。そして今、この第二版（最後のものであってほしいが）のための校正を行うべく、自分の『アベル・サンチェス』を初めて再読しながら、我がホアキン・モネグロの激情の偉大さと、彼が倫理的にすべてのアベルどもよりも崇高であることを感じている。悪いのはカインではない、悪いのはカインの末裔たちである。そしてアベルの末裔どもである。

しかし昔馴染みの悲しみ、旧体制の悲しみ（新とよばれているそれの悲しみに優るものではない）をほじくり返すことを望まない以上、私は追放の地で、我が幼少期の土地のフランス側、しかし我がスペインの目と鼻の先にあって、我が哀れなホアキン・モネグロと唱和しながらこの序文を終えることとする。「だが……あの子を連れてきておくれ！」と。

ミゲル・デ・ウナムーノ

アンダイ、一九二八年七月十四日

アベル・サンチェス
激情の物語

ホアキン・モネグロが亡くなった時、人生において彼を苛んだ暗鬱な激情の記録のごときものが彼の書類の中に発見された。この物語には、その告白（と彼が題したもの）からとられた断片が織り交ぜられており、ホアキンがほかならぬその宿痾を自分自身に語り聴かせた言葉のようになっている。それらの断片は〈〉で括られている。『告白』は娘に宛てて書かれていた。

第一章

アベル・サンチェスとホアキン・モネグロは、いつから相手を知っていたかをおぼえていない。彼らは少年時代より以前、幼少の砌（みぎり）より互いを知っていた。というのも、それぞれの乳母が一緒になることがよくあったので、話すこともできないうちから彼らは一緒にされたのである。彼らはそれぞれもうひとりの相手について知りながら、自分自身を知ることを学んだ。彼らはそのようにして大きくなり、生まれながらにして友となり、育ちの上ではほとんど兄弟といってよいものであった。

散歩や遊び、共通の友人との付き合いにあっては、より強い意志を持つホアキンこそが支配し、それを始めるかのように思われた。しかしながら、譲歩するようにみえて、つねにそれをものにするのはアベルであった。というのも彼にとっては、命ずることよりもむしろ従属しないことの方がより重要だったからである。ふたりはほとんど喧嘩（けんか）をしたことがない。「僕はいいよ、君がしたいようにするさ！」とアベルはホアキンに言うのだった。ホアキンにしてみれば時に苛立（いらだ）つこともあったが、それというのもこの「君がしたいようにするさ！」は議論を巧みに回避したからである。

「君は僕にいやということがまるでないんだね！」とホアキンは感嘆の声を漏らす。

「そんなことをして何になるのさ？」ともうひとりは答えるのだった。

「ねえ、彼は松林には行くのはいやだって言ってるんだ」数人の友達が散歩をしようとしていたある時、ホアキンは口にした。

「僕が？　行きたくないって言うのかい……！」アベルは反論した。「行きたいさ、行きたいとも。君がしたいようにするさ。行こうよ」

「僕がしたいように、じゃないんだよ！　何度も言ってるじゃないか！　僕がしたいように、というのはなしだよ！　君が行きたくないかどうかさ！」

「行きたいよ……」

「じゃあ僕は行きたくないよ……」

「僕も行きたくないよ……」

「それは駄目さ」ホアキンは大きな声で言った。「彼と一緒に行くか、僕と一緒にいるかさ！」

するとみながホアキンをひとり置き去りにしてアベルと行ってしまった。

幼少期のこのような出来事に言及して、『告白』のなかでホアキンは書いている。〈どうしたわけか、すでにその頃から人に好かれるのは彼であり、好かれないのは私であったが、その理由を知ることもかなわぬまま、私はひとり置き去りにされたものだった。子供のころから友達は私を除(の)け者にした〉

　一緒に過ごした中等教育のあいだ、ホアキンは点取り虫で表彰や教室での一番を狙っていたが、そこを一歩出ると、学校の中庭、通りや田舎、ずる休みをする連中や仲間のあいだでも一番はアベルなのであった。アベルは冗談を言ってみなを笑わせたし、なんといっても先生たちの似顔絵を描いてはみなの称賛を勝ち得た。「ホアキンの方がよっぽど努力家だが、アベルの方が頭がいい……もし勉強しさえすればね……」仲間たちに共通のこうした評をホアキンも知っていたが、それは彼の心に毒を注ぎ込むばかりであった。勉強をほうり出してべつの領域で相手を打ち負かしたいという誘惑をおぼえるにいたったが、彼は自分自身に言った。「おいおい！　あいつらに何がわかるっていうんだ……？」そうして自らの天分に忠実であり続けた。その上、機知や優美さで相手を凌(しの)ごうとしてみても無理なことだった。彼の冗談は笑いを誘うこともなく、根っから真面目な奴として通っていた。「おまえさんは陰気なんだよ」フェデリコ・クアドラドは言ったものだ[013]。「おまえさんの冗談ってのはまるで葬式のお悔やみだね」

　ふたりは中等教育を終えた。アベルは芸術家になるべく絵画の勉強を続け、ホアキンは医学部に入学した。彼らはしばしば会ってそれぞれの勉強の進捗について話をし、ホアキンはアベルに医学もまた術(アルテ)であること、そこには詩的なインスピレーションが入り得る芸術(アルテ)ですらあることを示そうと試みた。そのくせ、べつの機会には精神を蝕（むしば）むものとして芸術を蔑むようなことを口にしては、精神を高め、強くし、真実でもってそれを大きくするものとして科学を称揚した。

「でも医学もまた科学ではないよ」とアベルは言うのだった。「それは単に科学から生じた実用的な技術（アルテ）に過ぎないんだから」

「僕は病人を癒す仕事に身を捧（ささ）げるつもりはないんだよ」とホアキンは反論する。

「それは、とても高潔で有益な仕事だよ……」相手が付け加える。

「そうとも、でも僕のすることじゃない。君が言うようにどれほど高潔にして有益であろうとも、その高潔さ、その有益さを僕は嫌悪しているんだ。脈をとったり、舌を覗（のぞ）いたりして何かしらの処方箋を書いて、ほかの人が金を稼ぐのはいいよ。でも僕はそれ以上のことを望んでいるんだ」

「それ以上のこと？」

「そうさ、僕は新しい道を切り拓きたいんだ。僕は科学的な研究に身を捧げようと思っているんだ。医学の栄光というのは何かの病気の秘密を発見した人たちのもので、その発見をよかれ悪しかれ応用する人たちのものではないのさ」

「君が理想に燃えている姿を見ることができて嬉しいよ」

「何かい？　栄光を夢見ているのは君たち芸術家、絵描きばかりだと思っているのかい？」

「待ってよ、僕がそんなことを夢見ているなんて誰も言っちゃいないじゃないか……」

「ちがうのか？　なら、なぜ君は絵を描く道を選んだのさ？」

「なぜって、上手くやればそれは見返りの……」

「どんな見返りさ？」

「そうさね、つまり金を稼げるのさ」

「例の骨に釣られた犬がもう一匹というわけか、アベル……。僕はほとんど生まれた時から君を知っているんだよ。嘘っぱちはよしてくれ。僕は君をよく知っているんだから」

「君を騙(だま)そうとしたことが一度でもあったかい？」

「ないよ、でも君はそれと知らずに騙そうとしているのさ。構うものか、人生はゲームだ、すべてはどうだっていい、という風を装いながらも君はとんでもない野心家さ……」

「野心家、僕が？」

「そうさ、栄光、名誉、評判に飢えたね……。君はいつだってそうだったんだ、生まれてこのかたずっと。表に出さないだけのことさ」

「こっちへおいでよ、ホアキン、そして言ってほしい。君が表彰されるのに僕が対抗したことが一度だってあったかい？　教室で一番だったのはいつも君だっただろう？　一番の成功を約束されていたのは？」

「そうさ、でもみんなの中心で、仲間のお気に入りだったのは、君だ……」

「僕にどうすることができたっていうんだい？」

「そういった人気は望んでいなかったと僕に信じ込ませるつもりかい？」

「望んだのは君だろう……」

「僕？　僕が？　僕は群れを軽蔑しているんだよ！」

「わかった、わかった。この馬鹿げた話は終わり、君もやめるんだ。それよりもう一度君の恋人の話をしてくれよ」

「恋人？」

「その、君が恋人にしたいと思っている従姉妹のことさ」

それというのは、ホアキンは従姉妹のエレナの心をものにしたいと願っていて、猜疑深くも内に秘めたその魂の執拗さのかぎりを、恋のために捧げていたからであった。そして彼の思いの捌け口、恋をして悪戦苦闘するものにとって不可避でありかつ健全な感情の捌け口といえば、友人のアベルなのであった。

それにしてもエレナが彼を苦しめることといったらなかった！

「ますます彼女のことがわからなくなっていくよ」とアベルに向かって言うのだった。「あの子は僕にとって得体の知れない怪物なのさ……」

「オスカー・ワイルドだったか誰だったかが言った言葉を知っているかい？　女という女は誰しもが秘密を持たないスフィンクスなんだとさ[014]」

「ならエレナには秘密があるようだ。彼女は誰かほかの奴が好きなんだ、相手はそのことを知らなくともね。彼女がべつの男が好きだってのはたしかさ」

「それはどうしたわけだい？」

「そうでなければ僕といる時の彼女の態度を説明できないもの……」

「つまり、彼女は君を好きになろうとしない……従兄弟としては好きだろうが、恋人には望んでないってことで……」

「馬鹿にするのはよせよ！」

「いやね、すると彼女は恋人として、もっといえば夫として君を望んでいない、ゆえに彼女はべつの男に恋をしてるはずだって？　すごい理屈もあったもんだね！」

「自分がどうかしてるってことがわかったよ」

「だろうね、僕にもわかるよ」

「君に？」

「君は僕のことを誰よりもよく知ってるって顔をするじゃないか？　それなら僕が君のことを誰よりもよく

知っていて何の不思議がある？　出会った時はおなじなんだから」

「あの娘は僕の頭をおかしくして忍耐までも奪っちまうだろう。僕のことをおもちゃにしてるんだ。初めからノーと言ってくれていたならよかったのに、僕をこんな状態にして、そうね、考えてみるわ、なんて言うんだ……。そんなの考えもしないのに……、あの男たらしときたら！」

「君を試しているのさ」

「僕を試すだって？　彼女が？　僕の何を試すことがあるって言うんだ？　彼女が何を試すって言うんだ？」

「ホアキン、ホアキン、君は自分の価値を下げて彼女をも貶めているんだよ！　まさか君の姿を目にして、声を聞いて、君が彼女を好きだと知ったら、彼女は君にひれ伏さなきゃならないとでも？」

「そうさね、僕はいつだって人に好かれやしない……」

「そうじゃないさ、ほら、そんなこと言うなよ……」

「あの娘は僕をもてあそんでるんだよ！　僕みたいに率直で誠実でざっくばらんな男をそんな風にもてあそぶのは誉められたことじゃないよ……。でもあの子がどんなにきれいか目にしたら！　彼女が好きなのか、嫌いなのかどっちかわからなくなる時があるよ！　君のこと紹介しようか？」

「そうだね、もし君が……」

「君たちを引き合わせるよ」

「もし彼女が望むなら……」

「何だい？」

「肖像画を描いてあげるよ」

「そいつはいい！」

しかしその晩、ホアキンは肖像画の件を苦々しく反芻（はんすう）した。望むともなしに人に愛され、他人の好意を引き寄せるアベル・サンチェスがエレナの肖像画を描くということを考えながら。

そこから何が起こるだろう？　エレナもまた彼らの仲間のように、アベルの方が好感が持てると思うのではなかろうか？　紹介することを拒もうとも考えたが、すでに約束はしてしまったのであり……。

第二章

「僕の従姉妹はどうだった？」彼女を紹介し、エレナに肖像画の申し出を伝え、彼女が大いに満足してそれを受け入れたあくる日、ホアキンはアベルに尋ねた。

「なあ、本当のことを知りたいかい？」

「いつだって本当のことを知りたいね、アベル。僕たちが本当のことしか言わないならすべてが真実となって、それはすばらしい世界だろうさ」

「そうだね、それに誰もが自分自身に本当のことを言うなら……」

「いいから、さあ、本当のことを言ってくれ」

「本当のところ、君の従姉妹、君の将来の恋人で、もしかすると奥さんになるかもしれないエレナは、僕には孔雀（くじゃく）……つまり雌の孔雀に見えた……。僕の言ってる意味わかるかい？」

「ああ、わかるとも」

「筆でなければ上手く表現できないんだけど……」

「それで君は孔雀を、雌の孔雀を描くんだ、もしかしたら目玉みたいな羽根を広げて小さな頭をした……」

「モデルとしては最高さ！　最高だよ、本当に！　あの瞳！　あの唇！　肉感的ですぼめられたあの唇……、まるで何も見えていないようなあの瞳……。あのうなじ！　そしてなんといってもあの肌の色！　君、いやな気持になってないかい……」

「いやな気持、僕が？」

「じゃあ言うけれど、彼女は野蛮なインディオの娘みたいな、むしろけっして飼いならすことのできない猛獣のような肌の色をしているんだ。最高の意味で彼女には豹のような何かがあるよ。それに、なにもかもが冷ややかで」

「そんなに冷淡かい！」

「そうじゃないよ、ねえ、君にとてもすごい肖像画を描いてあげるよ」

「僕に？　彼女に、だろう？」

「いや、肖像画は君のものさ、彼女の肖像だとしても」

「それはだめだよ、肖像画は彼女のものさ」

「じゃあ、君たちふたりのものだ。わからないよ……。これが縁でふたりがくっつくかもしれないし」

「まさか、そうだな、君が肖像画家であることをやめて……」

「仲人気取りか、ホアキン、勝手にしろよ、それで君がいいならね。でもそんな君を見ていると僕が辛いよ」

絵のセッションが始まった、三人が集まって。椅子にかけたエレナは厳かにして冷やかなポーズをとった、運命に連れ去られた女神のように、全身に蔑みを横溢させて。「口を利いてもいいかしら？」と初日に彼女は尋ね、アベルは答えた。「ええ、話をされても、動かれてもかまいませんよ。僕にとってはあなたが話したり動いてくれた方がいいです、表情が生きてくるから……。これは写真ではないし、石像みたいになってほしくもありませんから」そして彼女は喋り、喋りつづけたが、体はほとんど動かさずにポーズをとったままであった。彼女は何を話したのか？　それは彼らにはわからない。というのも、ふたりとも目で彼女を貪るよりほかのことはしていなかったからである。話に耳を傾けずに彼女を見つめていたのだった。

そして彼女は喋った、だんまりでいることがマナーに反していると考えたために喋りつづけた。隙あらばホアキンをからかいながら喋りつづけた。

「患者さんは付き始めてるの、かわいい従兄弟さん？」と尋ねた。

「そんなこと君に関係あるかい？」

「それは関係ありますとも、もちろん関係があるわ！　考えてもごらんなさいな……」

「わからないなあ」

「あなたがすっかり私にご執心なんですもの、私だってあなたに興味を持たないではいられなくてよ。それに、もしかしたら……」

「もしかしたら、何だい？」

「さあ、その話は終わりにしよう」アベルが割り込んだ。「君たちは口論ばかりしているね」

「当然のことだわ」エレナが言った。「親戚ですもの……。それに、そんな風に始まるものだって言うじゃないの」

「何が始まるんだって？」ホアキンが尋ねた。

「あなた知ってるはずよ、従兄弟さん、自分が始めたことなんですからね」

「じゃあ終わらせなくちゃいけないいな！」

「終わらせ方にも色々あってよ、従兄弟さん」

「始め方にも色々あるしね」

「もちろんよ。あら、このフルーレ剣士のせいで私のポーズが崩れたかしら、アベル？」

「いいえ、その反対です。あなたが呼ぶところのフルーレ剣士はあなたの視線と仕草をより生き生きとさせていますよ。とはいっても……」

二日もするとアベルとエレナは互いに親しい口調で話をするようになった。それを望んだのはホアキンであったが、三日目にはセッションに姿を見せなかった。

「ねえ、どんな具合なの？」エレナはそう言って立ち上がり、肖像画を見に行った。

「どうだい？」

「わからないわ、それに似てるかどうかは私ではわからないもの」

「何だって？　鏡を持っていないのかい？　自分の姿を映して見たことがないとでも？」

「あるわ、でも……」

「でも、何さ……？」

「さあ、わからない……」

「この鏡の中の君は十分にきれいじゃないと思うのかい？」

「おべっかはよして」

「よし、じゃあホアキンに聞いてみようよ」

「あの人の話はやめて、お願いだから。うんざりさせられるわ！」

「でも彼の話こそをすべきだと思うよ」

「じゃあ帰るわ」

「待って、聞いてよ。君が彼にしていることはとてもひどいよ」

「まあ！　今度はあなたが彼の弁護に回るというの？　肖像画の件は単なる口実ってわけね？」

「ねえ、エレナ、そんな風に従兄弟をからかうのはひどいよ。彼はその、なんていうか……」

「そう、堪えがたいのよ！」

「ちがうよ、彼は思いつめるタイプさ、内心は高慢でもあるし、頑固で、自分のことでいっぱいだけれど、でもいい奴なんだ。根っからの正直者だし、頭も良い。彼の進む道にはすばらしい未来が用意されているし、君にぞっこんなんだ……」

「それでも彼を好きじゃないといったら？」

「なら君はそう伝えるべきさ」

「伝えてるじゃないの！　うんざりなのよ、いい人みたいって彼に言うのは。いい人みたいだし、いいところのある従兄弟ではあるけれど、あら、冗談を言おうとしてるんじゃないのよ[015] だからといってその先まで進むような恋人としては望んでないのよ」

「でも彼が言うところでは……」

「彼がちがうことを言ってるなら、それは本当のことを言っていないのよ、アベル。従兄弟だからといって彼を追い払ったり、話しかけないようにさせられると思って？　従兄弟だから？　笑っちゃうわ！」

「冗談はよせよ」

「仕方がないわ……」

「それで彼はますます疑うんだ、そして彼を好きにならないのは君がひそかにべつの男に恋をしているせいだって信じようとしているんだ……」

「それ、彼が言ったの？」

「そう、僕に言ったのさ」

エレナは笑いを堪(こら)えようと唇を歪(ゆが)め、顔を赤くするとしばし黙り込んだ。

「そうさ、彼がそう僕に言ったんだよ」画布の上に立てた支えの上に左腕を休ませ、その表情の内に何らかの意味を読み取ろうとじっとエレナを見つめて、アベルはもう一度言った。

「もし彼がそう信じようとしてるんだったら……」

「何さ？」

「べつの男に恋をしようかしら……」

その日の午後、アベルはそれ以上筆を動かさなかった。そしてふたりは恋人となった。

第三章

アベルが描いたエレナの肖像画の成功は華々しいものだった。それが飾られたショーウィンドウの前には、つねにそれを見つめる誰かの姿があった。「またも偉大なる画家が誕生したぞ」と人々は口にした。そして彼女は、エレナは、人々の評判を耳にしようとその肖像画の飾ってある場所の傍をわざと通り、不朽の肖像に命が吹き込まれ、芸術作品が孔雀のようにその尾羽をひろげて媚びを示すように、街の通りを歩いて回った。彼女はこのためにこそ生まれてきたのではなかったか？

ホアキンはほとんど眠れなかった。

「彼女はかつてなくひどい有様だよ」と彼はアベルに言った。「今こそ本当に僕をもてあそんでいる。命を取られかねないよ！」

「当然さ！　プロフェッショナルな美しさを自覚しているわけだから……」

「そうさ、君がそれを永遠のものにしたんだ！　新しい《ジョコンダ》かい？[016]」

「でも君は医者として彼女の生命を永らえさせることができるじゃないか」

「短くすることもね」

「悲惨な奴め、そんなことを言うなよ」

「それで僕はどうすればいい、アベル、どうすれば……？」

「耐えることだね……」

「その上、彼女がべつの男を好きなんじゃないかって言ったのを、君が彼女に話したんじゃないかと思うよ
うなことを口にするんだ……」

「あれは君の自己正当化だったろう……」

「僕の自己正当化……。アベル、アベル、君も彼女とおなじ意見なのか……、君たち僕をだまそうと……」

「君をだます？　何のことで？　彼女が君に何か約束でもしたのか？」

「で、君にはしたのか？」

「彼女は君の恋人だとでも？」

「もう君の恋人なのか？」

顔色を変えてアベルは黙り込んだ。

「ほらな！」ホアキンはたどたどしく声を震わせながら、叫ぶように言った。「ほらみろ！」

「どうしたのさ？」

「今度は否定するのか？　それはちがうと僕に言えた面の皮か？」

「その、ホアキン、僕たちは互いを知る前から友達で、ほとんど兄弟みたいなもんだ……」

「その兄弟をだまし討ちか、そういうことだな？」

「そんなふうに自分を苦しめるなよ、ちょっと待てよ……」

「待つだって？　僕の人生は終わりなき忍耐、終わりなき苦しみじゃないか？　君は人に好かれ、大事にされて、勝者で芸術家だ……。それなのに僕ときたら……」

　彼の目に湧き上がる涙がその言葉を遮った。

「どうすればよかったんだ、ホアキン、君は僕にどうしてほしかった？」

「彼女を誘わないでほしかったよ、だって僕が彼女を好きなんだから」

「だけどホアキン、誘ってきたのが彼女の方だったとしたら……」

「そうだろうよ、芸術家で幸運な運命の寵児（ちょうじ）である君のことを女たちがほったらかしておきはしないよな。それで君は彼女をものにしたってわけだ……」

「言っておくけれど、彼女が僕をものにしたんだよ」

「そうさ、今や雌の孔雀が、プロフェッショナルな美しさが、ジョコンダが……。君は彼女の画家になるんだ……。ありとあらゆるポーズ、形、何もかもをはっきりとね、服を着ていようといまいと……」

「ホアキン！」

「そうして彼女の姿を永遠にとどめるんだ。君の絵が生きるのとおなじだけ彼女も生きるだろう。そうさね、生きるというのとはちがうな。なぜならエレナはもう生きていないわけだから、永らえるんだ。大理石だか何だかでできているかのように永らえるんだ。なぜなら彼女は冷たくて硬い石だから、君とおなじように冷酷だからさ[017]。肉付きはいいみたいだけどな」

「頼むから、そんな風に苦しまないでくれよ」

「僕が苦しまないわけがあるかい、ねえ、この僕が苦しまないってことが。これは卑劣な侮辱だよ！」

その苦しみの激しさを表わすのに相応しい言葉など存在しないかのように、憔悴しきって彼は黙り込んだ。

「けれどね、君」その最も優しい声、すなわちそれこそが最も悲惨なものであった声で、アベルは言った。

「考えてもごらんよ。彼女が君を好きでなかったら、そうなるようにと僕が仕向けるなんて話だったかい？

彼女が恋人とするには君は……」

「そうさ、僕は誰にも好かれやしない、生まれつき呪われてるんだ」

「誓って言うよ、ホアキン」

「誓わないでくれ！」

「誓って言うけれど、僕の一存でことが決まるのならエレナが君の恋人に、いずれは君の奥さんになっているだろう。君に彼女を譲ることができるなら……」

「彼女をつまらないものと引き換えに売り渡すって、そう言うんだな？」

「売り渡すなんて、そんな、ちがうよ！　喜んで君に彼女を譲り、幸せな君たちの姿を見て満足するだろう、でもね……」

「わかってる、僕じゃなくて彼女は君を好きなんだ。そうだろ？」

「そうだ！」

「彼女を求めた僕を拒んで、彼女を拒んだ君を愛したんだ」

「そうだ！　信じないかもしれないけれど、誘惑されたのは僕の方なのさ」

「君はなんて気取り屋だ！　吐き気がするよ！」

「気取り屋？」

「そうだとも、誘惑されただって、誘惑するよりひどいじゃないか。哀れな犠牲者というわけか！　女たちは君のために相争い……」

「僕を怒らせるなよ、ホアキン……」

「怒らせるだって？　君を？　僕が言ってるのはこれが卑劣な侮辱で罪だということさ……。僕たちの仲もこれっきりだ」

　しかしその後、はかりしれない悲しみを抑え、声のトーンを変えてこう言った。

「僕を憐れんでくれ、アベル、憐れんでほしい。ねえ、誰しもが敵意のある目で僕を見、何もかもが僕にとっての障害となるんだ……。君は若いし、幸運で、みんなの人気者だ。女にも不自由しない……。エレナは僕に残してほしい。僕にはほかの女性はいないんだよ……。彼女は僕に残してくれ……」

「でも君に譲るといったって……」

「彼女が僕の話を聞き、僕という人間を知り、彼女のためには命も惜しまず、彼女なしでは生きてはいけないということを知るようにさせてくれ……」

「君だって彼女を知らないじゃないか……」

「もちろん君たちを知っているとも！　でも後生だから、彼女とは結婚しないと僕に約束してくれ……」

「結婚するなんて、いったい誰が言ったんだ？」

「ああ、それじゃこれは僕の嫉妬を掻き立てるためだけのことだというのか？　彼女は単なる男たらしさ……それよりもっとひどい、彼女は……」

「黙れよ！」アベルが怒鳴った。

　その調子があまりに強かったので、ホアキンは黙り込んで相手を見つめた。

「堪えがたいよ、ホアキン、君とはやってられない！　君は堪えがたいよ！」

　そしてアベルは立ち去った。

〈おぞましい一夜を過ごした〉とホアキンはその『告白』に書き残している。〈ベッドの中で何度も寝返りを打ち、時々は枕を噛み、洗面台にある水差しから水を飲もうと立ち上がった。熱があった。時々うとうととしてはひどい夢を見た。彼らを殺したいと思い、書きかけの劇や小説にかんするものであるかのように、心の中ですさまじい復讐（ふくしゅう）のディテールを練り上げ、交（か）わす言葉のやりとりを整えていった。私は思った、エレナは私にひどい思いをさせたいだけなのだ、そして私を蔑むがためだけにアベルの心をとらえた、しかし肉付きの良い肢体を鏡に映しながらも、彼女は誰をも愛することができないのだ、と。そしてかつてないほどに、かつてないほどの激しさでもって、彼女を求めた。いつ果てるともないその夜のまどろみの中で私は、冷たく動かないアベルの傍らで彼女を手に入れる自分自身を夢見た。それは邪（よこしま）な欲望と激しい怒り、汚らわしい欲望と憤怒（ふんぬ）の嵐であった。朝の訪れとたくさんの苦悩による疲れとともに私は理性を取り戻し、自分にはエレナに対する何の権利もないのだということを理解したが、全霊をもってアベルを憎むようになり、また同時にその憎悪を魂の最も秘められた内奥（ないおう）で隠しつつも育て上げようと心に決めたのである。憎悪？　いまだその名を与えることも、また自身が運命によってあらかじめその塊とその種子とともに生まれたことを認めることもおぼつかなかった。その晩、私は我が人生の地獄に生まれ落ちたのである。〉

「エレナ」アベルが言った。

「ホアキンのことを思うと夜も眠れないよ……！」

「どういうこと？」

「僕たちが結婚するって言ったら彼がどうなってしまうか、想像もつかないんだ。今は落ち着いているし、僕たちの関係についてあきらめがついたようにも見えるけれど……」

「そう、あきらめてくれたなら素敵じゃない！」

「本当を言えば、全然素敵じゃなかったんだ」

「何よ？　女は家畜のように与えたり貸したり、借りたり売ったりできるって、あなたもそう考えてるわけ？」

「そうじゃないよ、でも……」

「でも、何よ？」

「君を紹介してくれたのは彼で、それは君の肖像画を描くためだったわけだが、それを利用して……」

「みごとに利用したじゃないの！　私が彼と婚約していたとでもいうわけ？　よしんばそうだったとしてもよ！　誰しもが自分の道を選ぶものだわ」

「そうだけど……」

「何よ？　罪悪感をおぼえるって言うの？　そうね、私のせい……。今や私は婚約しているし、あなたがその相手で、近いうちに私に結婚を申し込むって誰もが知ってるけれど、たとえあなたが私を今捨てたとしても、だからといってホアキンの姿を求めたりはしないわ、絶対に！　そんなことはけっして！　求婚してくれる人はたくさんあるでしょうし、それこそ十指に余るでしょうけれど」そういって彼女は、骨ばった指をした細長い両の手、かつてアベルが愛をこめて描いた手をかざし、ひらひらとその指を折った。

アベルはその両手を自分の丈夫な掌（てのひら）に包み、口に運ぶと長いこと口づけた。そして彼女に接吻（せっぷん）した……。

「落ち着くのよ、アベル！」

「君の言うとおりだ、エレナ、そのことで哀れなホアキンが悲しみ、苦しむなんて考えて、自分たちの幸せを掻き乱すのはよそう……」

「哀れですって？　ただの嫉妬深い男じゃないの！」

「けれど嫉妬というものはあるものさ、エレナ……」

「勝手に苦しめばいいわ！」

重苦しい沈黙に満たされた中断の後、

「当然、彼を招待するわよ……」

「エレナ！」

「それのどこが悪いって言うの？　従兄弟なんだし、あなたの一番の親友でしょう。私たちを引き合わせてくれたのも彼だわ。あなたが招待しないなら、私が招待するわよ。来なかったら？　結構！　来たとしたら？　ますます結構じゃないの！」

第五章

アベルがその結婚をホアキンに告げると、彼は言った。

「そうなるべきだったんだよ。君たちはお互いに相応しい相手さ」

「でも、理解してほしいんだけど……」

「もちろんだとも、僕を狂人か、はたまたとんでもない怒りんぼとでも思っているのか。理解するとも、君たちが幸せなのがいいことさ……。僕はもう幸せにはなれないけどね……」

「でもホアキン、お願いだから……」

「よせよ、この話はこれで終わりさ。エレナを幸せにしてくれ、そして彼女が君を幸せにしてくれますように……。君たちのことは許しているよ……」

「本当に？」

「ああ、本当さ。僕は君たちを許したい。僕は僕の人生を歩むよ」

「それじゃあ、僕の名前で、君を結婚式に招待させてもらってもいいかな……」

「ふたりの名前で、だろ？」

「そうだ、ふたりの名前で、だ」

「わかったよ、君たちの幸せに花を添えよう。行くとも」

結婚祝いにホアキンは、芸術家に相応しいものとして、アベルに象嵌の施されたみごとなピストル二丁を送り届けた。

「あなたが私にうんざりしたら、自分に一発撃ちこめってことよ」エレナは未来の夫にそう言った。

「なんてことを言うんだ、君は」

「彼が何を考えてるかわかったものじゃないわ……。考えをこねくり返して人生を送るんだわ……」

〈彼らが結婚するとアベルが私に告げてからの日々というもの〉ホアキンは『告白』に書いている。〈我が魂はすっかり凍りついてしまったかのようだった[018]。氷が私の心臓をぎゅっと摑んでいた。まるで氷の炎。呼吸することさえ困難であった。エレナへの憎しみ、そしてなんといってもアベルに対する憎悪、なぜならそれは憎悪、我が魂に根を張り巡らせた冷たい憎悪であり、魂は凍てついてしまったのだから。それは毒のある植物ではなかった、私の魂に打ち込まれたのは氷片だったのだ。私の魂はすっかりその憎悪に凍りついてしまった。氷はとても透き通っていて、向こう側をすっかり見通せるほどであった。遅ればせながらに理が、道理と呼ばれるものが、彼らの側にあることに気がついた。私が彼女に対して何の権利も主張しえない理由、ひとりの女性の好意を思いのままにすることのできない理由、そして彼らが愛し合っており、一緒になるべきだという道理。だが混乱しながらも、彼らを引き合わせ、知り合うばかりでなく、愛し合うようにさせたのは自分であったと感じていた。彼らが互いを理解したのは私に対する軽蔑ゆえであったと。エレナの決心の内には私を激怒させ、苦しめ、羨望させ、アベルの前で私を貶める目的がかなり含まれているのだと。そして他人の苦しみをけっして感じることのできない、このとてつもないエゴイストの決心の内にも。無邪気に、単純に、彼は他人が存在していることを知らないのだ。爾余（じょ）の人間たるわれわれはせいぜい、彼にとっては絵のためのモデルに過ぎない。自分自身に満ち足りて生きている彼には、誰かを憎むということさえわからないのだ。

　憎悪の霜が降りた魂、鋭い氷に覆われた心臓とともに私は結婚式に赴いたが、彼らの「はい」という返事を耳にするや、氷に亀裂が生じ、心臓が張り裂け、そこで死んでしまうか、白痴のようになってしまうのではないかとおびえながら、すさまじい恐怖に身をすくめていた。死に赴くもののようにそこへ向かったのだった。そこで私に起こったことは死そのものよりもひどいもの、死ぬことそれ自体よりもずっとひどいものであった。そこで命を落としていればよかったのに、と思う。

　彼女はこの上もなく美しかった。私に挨拶をした時、氷の刃（やいば）が、我が心臓の氷の内にあった氷の刃が、その隣にあってはなお生温かったといえる私の心臓を刺し貫いた。それは憐憫を浮かべた彼女の傲慢な微笑みであった。「ありがとう！」と彼女は言ったが、それは「かわいそうなホアキン！」と言っているのだと理解した。彼、アベルにいたっては私のことを見たかどうかさえ定かではない。ただ沈黙を避けるべく、「来てくれてありがとう」と口にした。「礼にはおよばないよ」と私は返事をした。「来るといっただろう、だから来たんだ。僕が正気だってことはもうわかっただろう。兄弟にも等しい年来の友の結婚式に僕が欠席するわけないじゃないか」と。絵になるとは言い難いが、私の態度は彼にとって興味深いものであったにちがいない。そこにあって私は石の招客のように押し黙っていた[019]。

決定的な瞬間が近づくにつれ、私は秒読みを始めた。『もうすぐ』私は内心思った、『僕にとってのすべてが終わるんだ』と。私の心臓は動きを止めたのだろう。はっきりと、彼と彼女の異なるふたつの「はい」という返事が聞こえた[020]。それを口にする時に彼女は私を見た。ぎくりともせず、動悸もおぼえず、あたかも自分にかかわることは何ひとつ耳にしていないかのように、それまでよりも冷たいままで私はいた。そのことは、私を自分自身に対するすさまじい恐怖で満たした。自分は怪物にも劣るのだと、まるで自分は存在すらしていないのだと、あたかもただの氷片にすぎず、永遠にそのままなのだと感じた。己の体に触れ、それをつねり、自分の脈を取ってみた。『だが、僕は生きているのか？　僕は僕なのか』と心の中で言った。

その日起こったことは何ひとつ思い出したくない。彼らは私に別れを告げてハネムーンに旅立った。私は書物に、研究に、その頃すでに持ち始めていた患者たちに没頭した。もはや手の尽くしようもないその一撃が私にもたらした精神の明晰(めいせき)は、自分には魂がないのだというその発見は、もはや慰めではなく、途方もない野望のための支えを研究の中に求めるように私を突き動かした。すでに頭角を現していたアベルの名声を、私の名にまつわる名声でもってやり込めねばならなかった。芸術作品であり、真の詩でもある私の科学的発見が彼の絵に影を落とさねばならないのだった。画家の彼ではなく、医者であり、人好きのしない私こそが彼女に栄誉を与えるものだったのだと、いつの日にかエレナが理解しなければならないのだった。私は研究に没頭した。彼らのことを忘れられるかと思えるほどにさえ！　科学を麻薬とも興奮剤ともしようとしたのだ！〉

第六章

新婚旅行から戻ってほどなくアベルは重篤といえる病に斃れ、ホアキンに往診を頼んだ。

「とても心配しているの、ホアキン」エレナは言った。「昨晩は譫言を口にするだけで、それもあなたの名前を繰り返すばかりなの」

ホアキンは細心の注意を払って友人を診察し、それから従姉妹の眼をじっと見つめながらこう言った。

「病状はひどく悪い、でも救うことができると思う。僕には救いなんてもはやないけれど」

「お願いよ、私のために彼を救ってちょうだい」とエレナは声を大きくした。「あなたには原因がわかっているのね……」

「ああ、すっかりね！」そう言って彼は帰っていった。

エレナは夫の寝台に向かい、その燃えるような額に手を置いて身震いした。「ホアキン、ホアキン！」譫言でアベルは言った。「僕たちを許してくれ、僕を許してくれ！」

「なにも言わないで！」エレナは耳元で囁(ささや)いた。「なにも言わないでちょうだい。あの人は診察にやってきたわ、そしてあなたを治すって、あなたを治してくれるって言ったわ……。だから安静にしていなさいと……」

「彼が僕を治すって……？」病人は鸚鵡(おうむ)返しに言った。

ホアキンもまた熱っぽい状態で家に帰ったが、それはいうなれば氷の熱というものであった。「もし彼が死んだなら……？」と考えた。ベッドに服を脱ぎ捨てて、もしもアベルが死んだならば起こるであろう場面を想像し始めた。すなわちエレナの服喪、未亡人と彼が交わす言葉、彼女の自責、彼ホアキンという男の値打ち、そして彼がどれほどの激しさでもって雪辱を必要とし、また彼女を必要としたかということの発見、また最終的には彼女が彼の腕の中におさまり、もうひとつの道、あの裏切りこそは悪夢にほかならず、男たらしの見た悪い夢でしかなかったと悟ること、そしてまた彼女がもうひとりの男ではなくホアキンこそをいつも愛していたということを知ること。「死なせるものか！」しばらくして彼は自分自身にそう言った。「死なせるものか、死なせてなるものか、僕の名誉がかかってるんだ、それに……あいつには生きていてもらわないと困る！」

「あいつには生きてもらわなくては！」そうひとりごちると、樫の枝が大風に揺れるように、彼の魂は震えた。

〈アベルが病床にあったあの日々はすさまじいものであった〉と彼は『告白』に記している。〈彼を死ぬがままにさせておくこと、そればかりか何の証拠も残さぬようにして、誰にも疑われることなく彼を死にいたらしめることが私には可能であった。臨床経験から謎の残る変死に接し、その後に続く出来事の悲劇的な輝きに照らされて遅まきにも得心がいったことはあった。それはすなわち未亡人の次の婚姻などといったことだ。その時私はかつてないほどに自分自身と、そしてまた私に毒を盛り、この人生を暗いものとしてきた忌々しい竜と格闘した。医者としての私の名誉、人間としての私の名誉はそこに約束されており、私の精神的健康と理性が約束されていた。狂気の鉤爪(かぎづめ)の下で自分が動揺していることはわかっていた。私の心臓に影を落とす狂人の亡霊を目にした。そして私は打ち克った。アベルを死から救ったのだ。あれほどに幸せだったこと、そして賢明であったことはない。おびただしい不幸は、私を賢明さゆえにこの上なく幸せなものとした〉

「君の……ご主人は峠を越えたよ」ある日ホアキンはエレナに言った。

「ありがとう、ホアキン、ありがとう」彼女は彼の手を取り、彼はその手を包まれるがままにした。「私たち、あなたになんと感謝していいいか……」

「君たちに感謝をしたいのは僕の方さ……」

「お願いだから、そんな言い方はよして……。本当に感謝しているの、そんなことは蒸し返さないで……」

「蒸し返してるわけじゃないよ。君たちに本当に感謝しているんだ。アベルのこの病状はたくさんのことを僕に教えてくれた、本当にたくさんのことを……」

「あら、彼を症例にするつもりなの？」

「ちがうよ、エレナ。症例とは僕のことさ！」

「でも、さっぱりわからないわ」

「僕にもすっかりはわからない。君に言えるのは、この数日というもの、必死になって君のご主人を救おうと……」

「アベルと呼んでちょうだい！」

「どちらでも。彼を救おうと必死になってその病気について調べながら、自分の病気と君たちの幸せについて考えていた。そして僕は……結婚することに決めたよ！」

「まあ、では恋人があって？」

「いや、まだいないんだけれど、探すんだ。僕には家庭が必要だ。僕は妻となる女性を見つけるよ。それともエレナ、僕を好きになってくれる女の人など見つからないと思っているのかい？」

「見つからないはずはないわ、そうよ、見つからないはずは」

「でも、僕を好きになってくれる女性だよ」

「ええ、言ってる意味がわかったわ。あなたを愛する女性、見つかるわよ！」

「結婚の相手としてなら……」

「そうよ、結婚相手としてあなたは間違いなくいい人だわ……若くて、貧しいわけでもなく、すばらしい経歴を持ち、栄光を手にし始めていて、それに……」

「それに……人に愛されない、そうじゃないかい？」

「いいえ、そんな、それはちがうわ！　あなたは人に愛されなくはないもの」

「ああ、エレナ、エレナ、僕はどこにその人を見つけられるだろうか……？」

「あなたを愛してくれる女性？」

「いや、そうじゃなくて、僕を裏切らず、僕に真実を告げ、僕をからかわない女性、エレナ、僕をからかわない女性さ！　絶望ゆえに僕と結婚するのだとしても彼女を養うだろう、もし僕に……」

「上手いこと言ったものね、あなたは病気だなんて、ホアキン。結婚なさいな！」

「でもエレナ、男であれ女であれ、僕を愛する人などあるだろうか？」

「愛してくれる人を見つけられない人など誰もいないわ」

「それで、僕は僕の妻を愛せるだろうか？　僕は彼女を愛することができるだろうか？　教えてほしい」

「ちょっと、そんなのはまるで……」

「だっていいかい、エレナ、愛されないこと、愛してもらえないことが最悪なんじゃないよ。最悪なのは愛することができないことなんだ」
「それは教区の司祭のドン・マテオもおっしゃっていたわね、悪魔の話をしていて、愛することができないって」
「じゃあ悪魔は地上をのさばっているらしいよ、エレナ」
「よして、そんな話もう聞きたくないわ」
「僕だってしたくないんだけどね」
「それなら、およしなさいな」

激情への庇護(ひご)を要して、自らを救済すべくホアキンは女性を、愛情深い妻の両の腕(かいな)を、氷の竜の地獄のような眼を見ずにすむような、彼の感じていたその憎悪から身を守ることのできる場所を、お化けを怖がる子供が頭を隠すことのできる母の膝を見出すことに心血を注いだ。

かわいそうなアントニア！

溢れる慈愛、思いやり、アントニアは母となるべくして生まれてきた女性であった。ホアキンの人となりにみごとな直感でもってひとりの病人、精神の不具者、狂人を探りあて、それとは知らぬまま彼の不幸と恋に落ちた。他人の美徳を信じていないその医者の冷たく鋭利な言葉の中に、彼女は不思議な魅力をおぼえた。

アントニアはホアキンが診察していたある未亡人のひとり娘だった。

「母は持ち直すでしょうか？」と彼に尋ねた。

「難しいでしょう、とても。残念ですがお母様は疲弊しておられるし、先は長くない。随分苦しまれたはずです……。心臓はとても弱って……」

「母を助けてください、ドン・ホアキン、お願いですから、母を救ってください！　できることならあたしの命を差し出しますから！」

「いいえ、それはできません。それに、どうでしょう？　あなたの命の方が誰かにとってはもっと大切なものかもしれませんよ……」

「あたしの？　なぜです？　誰にとって？」

「わかりません！」

哀れな未亡人の死が訪れた。

「なす術(すべ)はありませんでした、アントニア」ホアキンは言った。「科学は無力なものです」

「いいえ、神様が思(おぼ)し召されたのですわ！」

「神が？」

「ああ！」涙に濡れたアントニアの双眸が、鋭くまた乾いたホアキンの目をじっと見つめた。「あなたは神様を信じていらっしゃらないのですか？」

「私ですか？　さあ、わかりません！」

この時、その医者に対しておぼえた憐れみの感情は、哀れな孤児(みなしご)に一瞬その母の死を忘れさせた。

「もし神様を信じていなければ、あたしに今や何ができるのでしょう？」

「生きていれば何でも可能ですよ、アントニア」

「死の方が強い力を持っていますわ。それに今では……ひとりぼっちで……誰ひとり……」

「それはそのとおり、孤独はひどいものです。でもあなたは聖人のようなお母様の思い出をお持ちですし、お母様のために神に祈ることも……。それよりももっとひどい孤独があるのですから！」

「どのような？」

「誰もが見下し、誰もが嘲る人の孤独です……。誰ひとり彼に本当のことを告げないような人の孤独です……」

「どのような真実をあなたはお聞きになりたいのですか？」

「まだ温かいお母様の亡骸の前で、あなたはそれを言ってくれますか？　そうすると誓ってくれますか？」

「ええ、そういたしますわ」

「結構。私は人に愛されない、そうではありませんか？」

「いいえ、そんなことはありません！」

「本当のことを、アントニア……」

「いいえ、そんなことはありません！」

「それでは、僕はいったい何者なのでしょう？」

「あなたは？　あなたは不幸な人、苦しんでおられる方ですわ……」

ホアキンの氷が解(と)け、その目に涙が浮かんだ。そして今一度魂の奥底までが震えるのをおぼえた。

まもなくホアキンと身寄りのない娘は交際を始め、彼女の母親の喪が明けるのを待って結婚する用意が整った。

〈かわいそうな我が妻〉後年ホアキンはその『告白』に記している。〈私を愛し、癒そうとつとめ、私が彼女にもよおさせたにちがいない嫌悪に打ち克つようにつとめたのだ。私にそれを告げたこともなければ、気づかせることもけっしてなかった。だが彼女に嫌悪をもよおさせることがなかったなどということはあり得るだろうか、とりわけ彼女に我が魂の癩(レプラ)を、この憎悪の癌をさらけ出してしまったあとに。彼女は癩者に嫁ぐかのように私と結婚したのだ、そのことは間違いない、神のごとき慈悲によって、キリスト教徒としての自己犠牲の精神から、私の魂を、そしてまた彼女自身の魂を救うために、聖なるヒロイズムによって。彼女は聖女であった！　しかし私をエレナから、アベルから癒すことはできなかった。彼女の聖性は私にとって、またひとつ良心の呵責(かしゃく)の種であった。

彼女の温和さが私を苛立たせた。神よ、許したまえ、ときに私は彼女が悪辣で短気で、人を見下すようであればよいのにとさえ願ったのだ。〉

第八章

その間、アベルの芸術家としての栄光はより大きく、確固としたものになり続けていた。彼はもはや国中で最も名声ある画家のひとりであり、その評判は国境の向こう側にも届き始めていた。いや増すその声望はホアキンの精神を打ちのめす礫（つぶて）のようであった。「ええ、彼はじつに科学的な画家です。技術に精通したね。多くの、じつに多くのことを知っています。大変に器用です」友人については、どこかけなすような調子でそう語った。それは誉めるようでありながら、やりこめる方法であった。

なぜなら彼ホアキンは芸術家であると、自身の職業において真の詩人であり、非凡にして創造的かつ勘の鋭い臨床医であると自負しており、彼の患者を捨てて純粋な科学、病理学の実験に、研究に身を捧げたいという望みを持ち続けていたからである。されども収入というものは大きかった……！〈だが、収入は〉死後に発見された『告白』に彼は書いている。〈私が科学的研究に身を捧げるのを妨げた最大の要因ではない。一方には、名誉と声望を勝ち得、偉大な科学者としての評判を手にし、これでもってアベルの芸術家としての評判を翳(かげ)らせ、結果としてエレナに罰を与え、彼らに、彼らとすべての人々とに復讐を遂げるというところまで気違いじみた夢想を紡いだ欲求があり、科学的研究に身を投じたのだが、他方、そのどろどろとした激しい感情、恨みつらみ、そしてこの憎悪が精神の平静を私から奪ったのである。否、私には学問が必要とする混じりけのない、平穏な意志が欠けていたのである。患者たちが私の注意を逸(そ)らさせていた。

患者たちは私の注意を逸らさせていたが、時々は私を虜(とりこ)にしている激情が私の注意を逸らさせているがために、かわいそうな患者たちの疾患に然るべき注意を払うことが妨げられているのではないかと考えて身震いした。

私の心を強く揺さぶるひとつの事件が起こった。ひとりのかわいそうな夫人を診察したところ、危険はあるものの、絶望的ではない病気に罹(かか)っていたのだが、彼女の肖像画を描いたのが彼だったのだ。それはみごとな作品で、彼の描いた肖像画の中でも最高のもののひとつであり、彼の画業における傑作のうちのひとつであったが、私が患者の家を訪れるたびに私の目と耳とに最初に飛び込んでくるのは[021]、その肖像画であった。寝台の上で苦しんでいる生身の肉体におけるよりもずっと、その肖像画の中の彼女は生き生きとしていた。そして、肖像画は私にこう言っているように思われた。「ごらんになって、彼は私に永遠の命を与えて下さったの！　あなたはそこで私のもうひとつの命を永らえさせることができるかしら」と。そうしてかわいそうな患者を前に聴診器をあて、脈を取りながら、私はもうひとりの彼女、肖像画に描かれた彼女の姿しか見ていなかったのである。私は間抜けで、とんでもない間抜けで、哀れな病人は息を引き取った。それどころか私は自分の間抜けさによって、犯罪的な注意不足によって、彼女を死なせたのである。私は自分自身に、我が身の不幸に、恐怖をおぼえた。

その夫人の死から数日後、私はべつの病人を診るためにその家に足を運ぶことになったが、肖像画に目を向けまいと心を決めて中に入った。しかしそれは無意味だった、というのも肖像画こそが私を見ていたのであり、私が見まいとしても私の視線を引き寄せるのだった。家を辞す段になって、寡となった亭主が玄関まで私に付き添った。肖像画の真下で私たちは足を止め、抗し難い力に促されるようにして私は感嘆の声をあげた。

「すばらしい肖像画ですね。アベルの最高傑作でしょう！」

「ええ」と寡夫が答えた。「あれが残っていることが一番の慰めです。長いあいだこの絵を見つめて時間を過ごすのです。話しかけてくるような気がするので」

「そう、そのとおりです」私は付け足した。「アベルはすばらしい芸術家だ！」

外に出ると私は内心でこう言った。「僕はあの人を殺した、奴は蘇らせた！」〉

患者の誰か、とりわけ子供が亡くなるたびにホアキンはとても苦しんだが、それ以外の人の死には無頓着であった。

「なぜそれほどまでに、生きたいというのだ？」あるものたちについて、彼は自問した。「死にゆくがままにさえしてやるというのに……」

心理学的観察者としての彼の能力は、その魂の激情とともに鋭さを増し、最も隠されたところにある精神的苦痛をも即座に言い当てた。因習のごまかしの下で、いかなる亭主たちが、望むではなくとも、何らの痛痒もおぼえることなくその妻たちの死に備えているか、そしていかなる女房たちがその亭主から解放されることを、場合によってはすでに見つけておいたべつの亭主を持つことを望んでいるかをすぐさま見抜くことができた。彼の患者であったアルバレスが亡くなった年、その未亡人が故人の親しい友人であったメネンデスと再婚した時、ホアキンは内心思った。「たしかにあの死には不審なところがあった……。今では得心がいったぞ……。人間とはなんといかがわしいものだ、慈愛に満ち、この上なく慎み深いあの婦人が！」

「先生」ある時、患者のひとりが彼に言った。「どうぞ後生ですから私を殺してください、なにも言わずに死なせてください、もう耐えられない……。永遠に眠りにつけるような薬をください……」

「この男の望んでいることをしてやってはいけない理由は何だというのか？」ホアキンは自分自身に言った。「もし彼の生が苦しみ以上のものでないとしたら？　胸が痛む！　このろくでもない世界よ！」

患者たちはしばしば彼にとっての鏡であった。

　ある日、寄る年波と労働によって疲れ切った、近所に住まう哀れな女性が彼のもとを訪れた。その夫は四半世紀の結婚生活を経た後、みすぼらしい女狐に引っかかってしまっていた。捨てられた女はその心痛を打ち明けにやってきたのだ。

「ああ、ドン・ホアキン」彼女は言った。「あなたは大変な物知りだとみなさんがおっしゃいますが、あの恥知らずな女がかわいそうなうちの人に注ぎ込んだ毒を癒す手立てを教えてくださいまし」

「しかしどのような毒薬だとおっしゃるのです、あなた」

「四半世紀も連れ添った後で、私を捨ててあの女と暮らすのだと出ていってしまいました……」

「結婚したてで、あなたがまだお若かった時に出ていってしまう方がよほど奇妙でしょうし、きっと……」

「ああ、ちがうのです、先生！　あの女が主人の正気を失わせる毒を用いたのです。なぜって、そうでなければ、こんな……。ありえませんわ……」

「毒……、毒ですか……」ホアキンは呟いた。

「そうです、ドン・ホアキン、毒なのです……。あなたは物知りでいらっしゃる、治療の手立てを教えてくださいまし」

「ああ、奥様！　古の人々がすでに若返りの水薬を見つけようとむなしく骨折りをしたものです……」

　哀れな女が悲嘆に暮れて帰った時、ホアキンは内心思った。『いったい、あの不幸な女は鏡を見ることはないのだろうか？　辛い労働のもたらした荒廃を目にすることはないのか？　村の人間は誰でも、物事をことごとく毒や妬みのせいにする……。仕事がない？　妬みのせいだ……。よくないことが起こった？　妬みのせい……。自分の失敗をすっかり他人の妬みに帰するものこそ嫉妬深いというものさ。だがわれわれはみなそうなのではないか？　僕も毒を盛られたのではあるまいか？』

数日のあいだ、彼は毒薬のことばかりを考えて過ごした。そして次のように考えるにいたった。『これは原罪なんだ！』

第九章

ホアキンは彼女の内に庇護を求めてアントニアと結婚し、かわいそうな女はすぐさま彼女のなすべきことを見出して、その楯(たて)となり、能(あた)うかぎり慰撫(いぶ)たらんとしてその夫の心におけるつとめを果たした。彼女は病人を、おそらくは治る見込みのない魂の不具者をその夫とした。彼女の使命は看護人のそれであった。憐憫に満ちた彼女はその使命を受け入れ、愛に満ちた彼女はそのように人生をともにすることとなったものの不幸を受け入れた。

アントニアは彼女とホアキンのあいだに目に見えない壁、ガラスのように透明な氷の壁のようなものを感じた。彼は妻のものではありえなかった、というのも自分自身のものでさえなかったからで、彼は自らの主ではなく、心神喪失しているとともに何かに取りつかれていたからである。夫婦の営みの最も親密な恍惚(こうこつ)の瞬間においてさえ、ふたりのあいだには目に見えない不吉な影が入り込んできた。夫の接吻は、たとえ怒りにまかせた口づけでないにしても、かすめ取ったもののように思われるのだった。

ホアキンは妻の前でその従姉妹エレナについて話すことを避け、いち早くそのことに気がついていた妻は、たえず会話の中で彼女のことに水を向けた。

それも最初のうちのことで、後に彼女はそのことに言及することを避けるようになった。

ある日ホアキンは医者としてアベルの家に呼ばれ、彼の妻アントニアにはいまだその兆候が見られないというのに、エレナがお腹の中に夫の果実を宿していることを知った。哀れな男は赤面するのをおぼえながら恥ずかしい想念に襲われたが、それは悪魔のささやきであった。「見たことか。ここでもおまえより男らしいぞ！　あいつだ、あいつはおまえが間抜けにも見殺しにしたものたちをその芸術で蘇らせ、不死の命を与えたが、もうすぐ父親になって新しい生命を、この世界に血と肉と骨でできたその作品をもたらすんだ。その間のおまえときたら……。おまえにはきっとそんなことはできまい……。あいつの方がおまえよりずっと男らしいんだよ！」

彼はしょげかえって、陰気な様子で自宅の門をくぐった。

「アベルの家へ行ってきたんでしょ？」妻が尋ねた。

「そうだよ。なぜわかるんだい？」

「顔に書いてあるわ。あの家はあなたにとっての拷問ですもの。行くべきではなかったのよ……」

「どうすればいいんだろう？」

「口実を作るのよ！　あなたの健康と平穏が第一なのだから……」

「君の勝手な妄想だよ……」

「いいえ、ホアキン、隠そうとしても、無駄よ……」声が涙に呑み込まれて彼女は言葉を続けることができなかった。

かわいそうなアントニアは腰を下ろした。嗚咽（おえつ）が彼女の全身の力を奪っていた。

「でも、君はいったいどうしたんだい、妻よ、これはいったい……？」

「あなたこそ、あなたに何が起こっているのかを話してくれなければ、ホアキン。あたしにすべてを聞かせて、打ち明けてちょうだい……」

「僕にはやましいことなど何も……」

「ねえ、本当のことを、ホアキン、あたしに本当のことを話してくれる？」

彼は見えない敵と、彼にまとわりつく悪魔と戦うかのように一瞬躊躇（ちゅうちょ）したが、出し抜けの決意から絞り出した声で、絶望的な声で、叫ぶように言った。

「ああ、君に本当のことを、すっかり話そう！」

「あなた、エレナを愛しているのね。今でもエレナに恋焦がれているのね」

「ちがう！　恋などしていない！　かつてはそうであったけれど今はちがうよ！」

「じゃあ、何なの？」

「何、とは？」

「あなたの拷問のような苦しみは何によっているの？　だってあの家は、エレナの家はあなたを暗い気持ちにさせる原因ですもの。あの家はあなたが心静かに暮らすことを許さないわ。それはエレナを……」

「エレナじゃないんだ！　アベルなんだよ！」

「アベルに嫉妬しているの？」

「そうさ、アベルに嫉妬している。あいつが憎い、憎い、憎いんだよ」呟くように言うと、彼は押し黙り、拳（こぶし）を握りしめた。

「アベルに嫉妬しているの……。それはつまり、エレナを好きってことじゃない」

「ちがう、エレナを好きなんじゃないんだ。もしほかの男のものであったなら、そいつに嫉妬したりはしない。そう、エレナを好きなわけじゃないんだ。彼女を軽蔑しているんだ、あの雌の孔雀を、プロフェッショナルな美しさを、流行の画家のモデルを、アベルの恋する女を……」

「お願い、ホアキン、やめてちょうだい！」

「そうだな、彼の正式な……妻だ。だがいったい、司祭の祝福がふしだらを婚姻に変えるとでも思っているのか？」

「ねえ、ホアキン、あたしたちも彼らとおなじように結婚しているわ……」

「彼らのように、アントニア、それはちがうよ！　あのふたりは僕を貶め、辱め、名誉を傷つけるために結婚したんだ。僕を嘲るために結婚したんだ。僕にあてつけて結婚したんだ」

そして哀れな男は突如、息もできなくなるほどの、胸を締め付けるような嗚咽を漏らした。彼は死ぬのだと思った。

「アントニア……、アントニア……」彼は消え入りそうな、か細い声を漏らした。

「かわいそうなひと！」彼女はそう叫んで彼を抱きしめた。

病気の子供にそうするように彼をその膝の上に受け止め、優しく撫(な)でてやった。そして言った。

「落ち着いて、あたしのホアキン、落ち着いてちょうだい……。あたしは、あなたの妻はここにいるわ、すっかりあなたのもの、ただあなただけのもの。あなたの秘密をすっかり知った今では、以前にも増してあなたのものだし、これまでになくあなたを愛しているわ……。彼らのことは忘れるのよ……、相手にしてはだめよ……。そんな女にあなたが愛されていたらもっとひどいことになっていたわ……」

「そうだ、でも彼が、アントニア、あいつが……」

「彼のことは忘れなさい！」

「忘れられるものか……。僕を追いかけてくるんだ……。奴の名声、奴の栄光が僕をどこへでも追いかけてくる……」

「あなたは仕事をして名誉と栄光を手にするわ、彼に劣っているということはないんですもの。患者をとるのはおよしになって、必要ないのですから。ここを離れてあたしの両親の家があったレナダに移りましょう[022]。そこであなたは一番好きなこと、学究に打ち込んで、人々があなたのことを噂（うわさ）するような発見をするのよ……。できるだけあなたのお手伝いをするわ……。あなたの気を散らすことがないようにしましょう……、そうしてあなたはあの人よりも……」

「できないよ、アントニア、僕にはできない。彼の成功が僕の夢を破り、落ち着いて仕事をすることができなくなってしまうんだ……。そのすばらしい絵が僕の眼と顕微鏡とのあいだに入ってきて、ほかの人が見つけたことのないものを僕に発見させないだろう……。できないよ……できないんだ……」

子供のように声を落とし、悲惨の裂け目に足を取られて茫然（ぼうぜん）自失となったかのようにほとんど片言で、嗚咽を漏らしながら言った。

「それに彼らは子供を授かるんだよ、アントニア……」

「あたしたちも授かるわ」口づけの雨を降らせながら、その耳元で彼女が囁いた。あたしが毎日そのことをお祈りしているんですもの、マリア様が叶（かな）えてくれないはずありません……。それにルルドの聖水が[023]……」

「君も魔法の薬を信じているのか、アントニア？」

「あたしは神様を信じています」

「『あたしは神様を信じています』、か」ひとりきりになった時に、もうひとりの自分に向かってホアキンは繰り返した。「神を信じるというのはどういうことなんだろう？　神はどこにいるのだろう？　僕は神を探さなければならない！」

〈アベルに息子が生まれた時〉ホアキンはその『告白』に記している。〈私は憎悪が私の中で強大になっていくのを感じた。医者としてエレナのお産に立ち合うよう求められたが、産科は専門外なのだという口実、それは事実であったが、それにくわえて従姉妹の危険を前にして冷静なままで、もっといえば冷徹なままでいられないという口実でご免蒙（こうむ）った。私の中の悪魔はその場に居合わせて、嬰児（えいじ）をこっそりと窒息させてしまえと残酷な誘惑を私にささやいた。そのおぞましい考えに私は打ち克った。

芸術家としてばかりか、男としてのアベルの新しい勝利（息子は大変に美しく、健康と活力に満ちた傑作で、人々は「小さな天使」だと口にした）は、彼女から息子を授かることを望んだアントニアにますます私を向かわせることとなった。この盲目の憎しみの哀れな犠牲者が（というのも被害を蒙ったのは私よりも彼女の方であったのだ）子供たちの、血と肉を有し、悪魔によって苛まれたこの心の内奥よりきたる子供たちの母となることを私は望み、必要としていた。彼女は私の子供たちの母となり、それゆえに他人の子供たちの母よりも尊くなるのだ。哀れな女、彼女は私を、人に愛されず、見下され、侮辱を受けるこの男を選んでしまった。もうひとりの女が蔑みと愚弄をもって拒絶したこの私を選んでしまった。挙句の果て、そうした人々のことを私によく言いさえするのだ！

アベルの息子、その血統と彼の栄光を絶やさぬようにと父親とおなじ名前をつけられた小さなアベル(アベリン)、時が経つにつれて私の報復の具とならずにはいられないアベルの息子は奇跡のようにすばらしい男の子であった。私もそのような息子を必要としていた、彼よりももっと美しい男の子を。〉

第十一章

「それで、今君は何を準備しているんだい？」彼の息子を見に行ったある日のこと、その仕事場でホアキンはアベルに尋ねた。

「歴史に、いやもっといえば旧約聖書に材を採った作品を描こうとしていて、今資料を集めているところなんだ……」

「どういうことだい？　その時代のモデルを探しているということか？」

「いや、聖書や、その註釈を読んでいるんだ」

「君が科学的な画家であるとは、僕も上手いこと言ったもんだ……」

「それで君は芸術的な医者、ってわけだね？」

「科学的な画家よりもひどいよ……、文学的な画家なんて！　絵筆で文学をものさないように気をつけろよ！」

「ご忠告痛み入るね」

「で、絵の題材は何にするんだい？」

「カインによるアベル殺し、最初の兄弟殺しさ」

ホアキンは普段よりもなお青くなった、そしてじっとその最初の友人の顔を見つめて小さな声で尋ねた。

「なぜそんなことを思いついたんだい？」

「とても簡単なことさ」友人の精神状態に気づくともなくアベルは答えた。「名前からの連想だよ。僕はアベルという名前だし……。ふたつの裸体の習作を……」

「ああ、裸の……」

「魂さえもさ……」

「だが、君はその魂をも描こうと考えているのか？」

「もちろんさ！　カインの魂、嫉妬の思い、そしてアベルの魂……」

「それはどんな思いなんだ？」

「それこそが問題さ。僕はアベルの魂に相応しい表現を見つけられずにいるんだ。なぜなら僕は死の寸前の、地面に打ち倒されてその兄弟に命を取られる瞬間の彼を描きたいのだから。ここに『創世記』とバイロン卿の『カイン』があるよ。読んだことは？」

「いや、バイロンの『カイン』は知らない。それで聖書からは何を得たんだい？」

「ちょっぴりだよ……。こんなさ」彼は一冊の本を取って、それを読んだ。「『アダムは、その妻エバを知った。彼女はみごもってカインを産み、「私は、主によってひとりの男子を得た」と言った。彼女は、それからまた、弟アベルを生んだ。アベルは羊を飼う者となり、カインは土を耕す者となった。ある時期になって、カインは、地の作物から主へのささげ物を持って来た。また、アベルは彼の羊の初子（ういご）の中から、それも最良のものを、それも自分自身で、持って来た。主は、アベルとそのささげ物とに目を留められた。だが、カインとそのささげ物には目を留められなかった』[024]」

「それは、なぜなんだ？」ホアキンが割って入った。「なぜ主はアベルの捧げ物に目を留め、カインのそれには目を留めなかったんだ？」

「ここには書いてないな……」

「君は絵を描こうとする前にそのことを考えてみたりはしなかったのか？」

「ないね……。おそらく神はカインの内に将来の兄弟殺しを見ていたのだろう……、嫉妬深い……」

「それじゃあ、神は彼を嫉妬深いものとして造られたのだろう、それは彼に毒を盛ったってことさ。続きを読んでくれ」

「『それで、カインはひどく怒り、顔を伏せた。そこで、主は、カインに仰せられた。「なぜ、あなたは憤っているのか。なぜ、顔を伏せているのか。あなたが正しく行ったのであれば、受け入れられる。ただし、あなたが正しく行っていないのなら、罪は戸口で待ち伏せして、あなたを恋い慕っている。だが、あなたは、それを治めるべきである」』[025]」

「そして罪が彼を打ち負かした」ホアキンが割って入った。「なぜなら神が彼を見放したからだ。続けて！」

「『しかし、カインは弟アベルに話しかけた。「野に行こうではないか」そして、ふたりが野にいたとき、カインは弟アベルに襲いかかり、彼を殺した。主はカインに……』[026]」

「もう結構！　それ以上読んでくれるなよ。もはや取り返しのつかないことになってからエホバがカインになんと言ったかについては興味がない」

ホアキンはテーブルに肘を突き、掌に顔をうずめ、凍てつくような鋭いまなざしを、何にかはわからないが怯えているアベルの眼に、じっと据えて言った。

「君はこんなおふざけを耳にしたことはないか。聖書の物語を暗記した子供に『カインを殺したのはだあれ？』って聞くんだ」

「まさか！」

「本当さ、そう聞かれて混乱した子供たちはよく『弟のアベルです』って答えるんだよ」

「知らなかったな」

「じゃあ今知ったわけさ。さあ今度は君が教えてくれ、君はその聖書的な……、じつに聖書的な場面を描くわけだが、もしもカインがアベルを殺さなかったら、兄弟殺しをしていたのはアベルの方だったかもしれないと考えたことはないかい？」

「君はなんでそんなことを思いついたんだい？」

「アベルの羊に神は目を留められた、それに羊飼いのアベルは主のお眼鏡にかなっていた。けれど、農夫となったカインの地の実りは神の気に入らず、カインもまた彼のお気に召さなかったんだ。愛されしもの、神のお気に入りはアベルだった。不幸なるものはカインだった」

「だがそのことでアベルに何の責任があるっていうんだ？」

「ああ、いったい君は恵まれしもの、愛されしもの、お気に入りたちはそのことについて責任がないと思っているのか？　彼らにはそれを隠さなかったこと、恥であるかのように、またじっさいそうであるわけだが、無償の寵愛のすべてを、自身の美徳によって手にしたのでない特権のすべてを秘密としなかったこと、誇示する代わりにその恩寵（おんちょう）を隠匿しなかったことについて責任があるんだ。なぜなら、疑いのないことだと思うけれど、アベルはその恩寵をカインの鼻先にちらつかせたであろうし、神に全焼の生贄（いけにえ）を捧げるその煙で彼を煽っただろうからさ。自分が正しいと思っている連中は、えてしてその正義を振りかざして他人をやり込める高慢な奴らなんだ。誰が言ったのだったか、正直な人ほど手に負えないものはないと言われているとおりさ……」

「それで君は」会話の重苦しさに当惑してアベルが尋ねた。「アベルがその恩寵を鼻にかけたということを知っているわけかい？」

「疑いの余地もないだろう、兄に敬意を払いもしなければ、彼のためにもまた主に恩寵を乞うということもしなかったのだから。それだけじゃない、アダムの一族はカインの一族に地獄を発明したわけだが、それというのも、さもなくば彼らの栄光が味気ないものになるせいだ。奴らの喜びは、自分は苦しみから免れながら、他人が苦しむのを見ることにあるのさ……」

「おい、ホアキン、君は相当に病んでいるぞ！」

「そうさ、どんな医者も自分自身は治せないからね。それじゃ今度はバイロン卿のその『カイン』を貸してくれよ、読んでみたいんだ」

「どうぞ！」

「それから教えてくれ、君の奥さんはその絵に何かインスピレーションを与えるかい？　何かアイディアは浮かばないかい？」

「妻が？　その悲劇に女は出てこなかったよ」

「ありとあらゆる悲劇に女ありさ、アベル」

「もしかしたらエバのことかな……」

「もしかしたらね……。おなじ乳を与えたんだ、毒を……」

第十二章

ホアキンはバイロン卿の『カイン』を読んだ。後年になって、その『告白』に彼は書いている。
〈あの本の読書がもたらした効果はひどいものだった。私は安堵（あんど）する必要をおぼえいくつかのメモを取ったが、それは今でも保存しており、まさに今手元にある。しかし、それは単に安堵するためであったのだろうか？　否、それはいつの日にか私にとって優れた作品の題材となると考えて、それらを利用するためであった。虚栄心がわれわれを蝕むのである。われわれは最も親密で吐き気をもよおす病のひけらかしをするのである。それ以前に、彼に張り合うものがないという理由で有害な腫瘍を持ちたいと願うものが現れるのだろうと私は考える。ほかならぬこの『告白』こそ、安堵以外のなにものでもないのではないか？

私は幾度か、それから解放されるためにこれを破棄しようと考えたことがある。しかし、私は解放されるのだろうか？　否！　自身を消尽するよりも見世物とすることの方が尊い。結局のところ、人生とは見世物以外のなにものでもないのだ。

バイロン卿の『カイン』の読書は私の最も奥深くにいたった。いかなる理由をもってカインは、その父祖たちが生命の樹ではなく、知恵の樹より果実を採ったことを責めたというのか！　少なくとも私にとって学問は、傷に塩を塗り込む以上のことはしなかった。

生まれてこなければよかったのに！　私はそのカインとともに言う。なぜ私を産んだのか？　なぜ生きなければならないのか？　私にとって理解できないことはカインが自殺の決断を下さなかったことである。人間の歴史における最も高貴な創始となりえたであろうに。しかし、アダムとエバは楽園を放逐され、子供を産み落とす前に自殺をしなかったのだろうか？　ああ、その場合にエホバはおなじようなものを造り出し、べつのカインとべつのアベルとを生み出したであろう！　星々の彼方、べつの世界にあってこの悲劇は繰り返されなかったであろうか？　地上における初演が十全でなかったのであれば、もしかすると悲劇はまたべつの上演を持ったのではないだろうか？　しかし、それが初演であったのだろうか？

ルシファーがカインに彼がどのようなものであるか、つまりカインが不死であることを告げるのを読んだ時、私もまた畏れをおぼえながら自分もまた不死なのではないか、そして私の憎しみが私の中で不滅なのではないかと思い始めた。その時内心思ったのだ、私に魂があるならば、この憎しみこそがそれではなかろうか、と。そしてそのような憎しみが肉体における機能を果たさないのであれば、私にほかのありようはできないのだと考えるにいたった。メスを手にしてほかの人間の中に見出さなかったものを、私は自分の内に見出したのだ。朽ち果てる臓器は、私が憎むようには憎むことができなかったのだ。ルシファーは神になることを切望し、私はといえば年端もいかぬ子供の頃からほかの人々の殲滅（せんめつ）を望んだのではなかったか？　そして不幸の創造主が私をそのように造られたのでなければ、私がそれほど不幸であることなど、どうしてできたというのか？

　アベルにとってその羊を育てることは何でもなかった、もうひとりのアベルにとって絵を描くことが何でもなかったように。しかし私にとって患者たちの病を診断することは大変な労苦であった。

　カインはアダが、ほかでもないその愛しいアダ、妻にして妹である彼女が、彼を打ちのめすその心情を理解しないことを嘆いた[027]。けれども私のアダは、私のかわいそうなアダは私の気持ちを理解してくれた。なぜなら彼女はキリスト教徒だからだ。しかしなお、私はこの思いをともにわかち合ってくれるものを見つけることができなかった。

　バイロンの『カイン』を読み、また読み返すまで、数多くの人々が苦悶（くもん）し息を引き取るのを見てきた私は、死を思うこともなければ、それを見出すこともなかった。それから私は考えた、自分が死ねば私の憎悪も死ぬものか、私とともにそれが死ぬものか、それとも生き残るものか、と。憎しみが憎しむものたちの後にも生き残るのか、それは実質を持ち、伝達されるのであろうか、と。それは魂なのか、魂のほかでもない本質なのであろうか、と。それから私は地獄の存在を信じるようになり、死がひとつの実在であり、それは憎悪が受肉化したひとつの実在であり、魂の神であると信じるようになった。私の学問が教えてくれなかったことはすべて、バイロン卿がそうであったところの、かの偉大な憎悪者の恐るべき作品が教えてくれた。

私のアダもまた私が仕事をしなかった時、仕事をすることができなかった時、優しく諭してくれたのだった。ルシファーはアダと私のあいだにいたのだ。「その精霊と行っては駄目よ！」と私のアダは叫んだ。かわいそうなアントニア。彼女はまたその精霊から彼女を救うようにと私に願った。私のかわいそうなアダは私がそうするように彼らを憎むにはいたらなかった。しかし私は本当に私のアントニアを愛したのだろうか？ああ！　もしも彼女を愛することができていたならば、私は救われていたであろうに。彼女は私にとってまたべつの復讐の具であったのだ。私は自分の復讐を遂げてくれる息子、あるいは娘の母親として彼女を求めたのである。とはいえ愚かなる私は、ひとたび父親になればそれより立ち直れると考えもしたのだが。けれどもひょっとすると、私のように憎しみに満ちたものを生み出すために、我が憎悪を伝えるために、それを永遠のものとするために私は結婚したのではなかったか？

私の魂には炎で刻印されたように、宇宙の深淵でカインとルシファーがいるあの情景が焼きついてしまった。私は学問を自分の不幸と、死を広めるために生を与える不幸を通して眺めた。そしてあの不滅の憎しみが私の魂であるのを目にした。その憎悪は私の生に先立って存在し、私の死後も存続するものと考えた。永遠に憎悪するために、永遠に生きるのだと考えて私は戦慄した。それは地獄であった。そんなものを信じることをあれほど嘲った私であるというのに！　それは地獄であった！

　アダがカインにその息子エノクのことを話すのを読んだ時、私は自分が持つことになる息子、あるいは娘のことを思った。おまえのことを思ったのだ、娘よ。我が贖罪（しょくざい）、我が慰めよ。いつの日にかおまえが私を救いにやってきてくれるだろうと思ったのだ。あのカインが眠っている無垢（むく）な息子に、その子は自身が裸であることを知らぬと語るのを読んだ時[028]、おまえを生み出したことは罪ではなかったのだろうか、と考えたのだ。かわいそうな娘よ！　おまえを生み出したことを許してくれるだろうか？　そしてアダがカインに言った言葉を読んだ時、私は楽園に過ごした日々を、点取り虫でもなければ、ほかのすべての人々を超えてやろうと思いもしなかった日々を思い出したのだ。否、娘よ、そうではない。私は自分の研究を純粋な心で神に捧げたのではない。私は真実や知識を求めたのではなく、褒賞を狙い、名声を求め、奴を超えることを望んだのだ。

　奴は、アベルは、彼の芸術を愛し、純粋な意図でもってそれを深めたが、けっしてそれを私に押しつけたりはしなかった。そうではなかった、私からそれを奪ったのは彼ではなかった、断じて！　私は、アベルの祭壇を破壊しようと考えるにいたった、狂った私は！　それは自分以外のことを考えることがなかったせいだ。

　アベルの死の物語は、あの悪魔に魅入られたおぞましい詩人が開陳するそれは、私を盲目にした。それを読んで私は物事が私を通り過ぎて行くように感じ、めまいさえをもおぼえた。そしてあの日以来、あのバイロンの冒瀆（ぼうとく）のおかげで、私は信仰を持つにいたったのである。〉

第十三章

アントニアはホアキンに娘を授けた。『娘か』彼は内心思った、『そして、あいつには息子がいるのだ』と。しかしすぐにその悪魔のたくらみから彼は立ち直った。そして彼は全身全霊をもって娘を愛するようになり、彼女ゆえにその母親を愛するようになった。『この娘は私の復讐を遂げてくれるんだ』当初、何についてのその復讐であるのかもわからぬままに彼はそう思ったが、後に『この娘は私を浄化してくれるのだ』と思うようになった。

〈ずっと後になって、私は〉と彼はその『告白』に記している。〈娘のために、彼女が私の死んでしまったあとで、その哀れな父親について知り、彼に同情をし、愛することができるようにと思って、これを書き始めた。揺り籠で眠る彼女を見つめ、彼女の見る無垢な夢を想像しながら、この子を純粋に育て、教育するためには、私自身がこの激情を浄化し、我が魂の癩より立ち直る必要があるのだと思った。彼女がすべての人を、とりわけ彼らを愛するようにしようと私は心を決めた。そこで、その純粋な夢の中で、私は地獄の縛鎖(ばくさ)

より自由になることを誓った。私はアベルの栄光の第一の伝令とならねばならぬのであった〉

　アベル・サンチェスの絵が完成し、それが展覧会に出され、そこで万人の称賛を得るとともに卓越した傑作として絶賛され、名誉の勲章を授けられるという事態が出来（しゅったい）した。

　ホアキンは絵を見るために展示室へ足を運び、そこで鏡を見るかのように自分自身を、絵の中のカインを目にし、そして描かれた人物を見た後で人々が彼に目をやる様子をうかがうこととなった。

〈疑いが私を苛んだ〉と『告白』には書かれている。〈アベルがそのカインを描くのに私のことを考えていたのではないか、それを描く意図を私に告げ、「創世記」の数節を読んだ時に彼の家でわれわれが交わした会話の、はかりしれない暗さにすっかり気がついたのではないか、という疑いが私を苛んだ。そして私は彼のことも忘れ、自身の病んだ魂をさらけ出した自分自身について大いに思いを巡らせた。しかし、そうではなかった！　アベルの描いたカインにはこれっぽっちも私に似たところはなく、またそれを描くにあたって彼は私のことを思いもしなかった。つまり、彼は私を蔑んだのでもなく、軽蔑しながらそれを描いたのでもない、そしてエレナもまた、何ひとつ私のことなど口にしなかったのだ。彼らは待ち望んでいた輝かしい将来を味わうことのみで満ち足りていた。彼らには私のことなど思いもよらなかったのである！

　彼らには私のことなど思いもよらなかったのだ、私のことを憎んではいなかったのだという考えは、もしそうであった場合よりもなお私を苛んだ。私が彼に抱く憎しみとおなじような憎しみでもって、彼に憎まれ

ているのであればまた何かしら、それは私の救済となりえただろう〉

それればかりか、ホアキンはますます自身の深みに嵌り込み、アベルの成功を祝うための祝宴を催すという考えを、アベルの永遠の友人であり、知り合う前からの友人である彼が祝宴を開くという考えを抱くにいたった。

ホアキンは弁士としてまずまずの評判を得ていた。医科学アカデミーにあって、正確でありながらいつも辛辣な調子の鋭利かつ冷徹な言葉で周囲を圧倒するのは彼であった。彼の演説はしばしば新参者たちの情熱に向けてほとばしる冷や水であり、厭世的な懐疑主義の手厳しい教えであった。その持論によれば、医学においては何事もはっきりとは知ることができないのであり、すべては仮説と終わりなき試行錯誤に過ぎず、信頼を置かないことこそが最も信頼に足ることなのであった。ゆえに、祝宴を張ろうというのが彼ホアキンであると知ると、多くのものは両刃の演説を、科学的で資料に基づいた絵画の称賛に見せかけた容赦ない腑分けを、あるいは皮肉たっぷりな賛辞を喜んで待ちわびた。底意地の悪い笑いは、ホアキンがアベルの芸術について話すのを一度でも耳にしたことがあるすべての人の心に広まった。人々はアベルに危険のあることを知らせた。

「君たちは間違っているよ」アベルは彼らに言った。「僕はホアキンという人間を知っているが、彼にそんなことができるとは思えない。たしかに彼には困ったところもあるが、芸術についての鋭い感性を持っているし、傾聴するに値することを言うだろう。それに僕は今彼の肖像画を描きたいと思っているんだ」

「肖像画？」

「そう、君たちは僕ほど彼のことを知らないからね。彼は嵐のごとく激しい炎のような魂の持ち主さ」

「あれほど冷淡な男じゃないか……」

「外見はね。いずれにせよ、冷たいものこそ本当に熱いというじゃないか。間違いなくあれはポーズだよ……」

アベルのこの評は、話題に上っている当の人物、ホアキンの耳にも届き、ますます彼の思案を深くした。「じっさいのところ僕のことをどう思っているんだろう？」と彼は内心思った。「僕のことをそんな風に、激しい炎のような魂の持ち主だと考えているというのは、本当だろうか？　僕を運命の気まぐれの犠牲者だと考えているなんてことがあるんだろうか？」

この時、彼は後に自身が深く恥じ入ることになる事件を起こすのだが、それというのは、以前アベルの家に勤めていた女中を自身の家に迎え、曖昧な親密さを装って、しかし自身の体面はなんら汚すことなく、彼女からもうひとつの家で彼について話されていることを聞き出そうとしたのである。

「だが、つまり、こういうことかい、彼らが僕の話をするのを聞いたことがないというのか？」

「ありません、旦那様、まったく」

「しかし、一度くらいは話に出たこともあるだろう？」

「話に出るということは、そうですね、ありましたが、何もおっしゃいませんでしたよ」

「何も、一度として何も？」

「お話されるのもほとんど耳にしたことがないのです。テーブルにつかれて、私が給仕しているあいだもほとんどお話はなさいませんでしたし、話といっても当たり障りのないものでした。ご主人の絵の話とか……」

「なるほど。しかし、何も、僕のことはけっして何も？」

「記憶にございません」

女中と別れると、ホアキンは深い自己嫌悪に陥った。「馬鹿な真似をしたものだ」と彼は自分自身に言った。「あの娘は僕のことをなんと思うだろう！」このことに深く苦しみ、彼は口実をでっち上げてその女中を首にしてしまった。「それであいつが今度は」後に彼は思った、「アベルのところへ戻っていって彼にこのことを話すとしたら？」と。妻に頼んで彼女を呼び戻す一歩手前であった。そして、通りで彼女に出くわすのではないかといつも戦々兢々（きょうきょう）とした。

第十四章

祝宴の日がやってきた。ホアキンは前日の夜眠れなかった。

「僕は戦場に行く、アントニア」家を出る時に彼は妻に向かって言った。

「神様があなたを照らしてくださいますように、あなたを導いてくださいますように、ホアキン」

「娘の顔が見たいな、いたいけなホアキニータ[029]の顔が……」

「ええ、いらっしゃい、見てやって……、眠っているわ……」

「かわいそうに！　悪魔がどういうものかまだ知らないんだ！　でもアントニア、君に誓うが、そいつを僕の中から追い出してやるよ。僕はそいつを引きずり出して、首を締め上げて、アベルの足元にほうり出してやるんだ。この子が目を覚まさなければキスしてやりたいんだがなあ……」

「ええ！　キスしてあげて！」

父親が屈（かが）みこんで眠っている娘にキスをすると、夢の中でそれに気がついた彼女は微笑んだ。

「見て、ホアキン、この子もあなたを祝福しているわ」

「行ってくるよ、妻よ!」そして彼女に長い、とても長い口づけをした。

彼女は聖母の像の前に祈りを捧げに行った。

祝宴のあいだ保たれていた会話の下では底意地の悪い期待が流れていた。アベルの右隣に座ったホアキンはこの上もなく蒼白な顔をして、ほとんど食事をすることも口を利くこともなかった。アベルでさえ何かしらの恐怖をおぼえ始めた。

デザートの段になってシーッという声が聞かれ出し、沈黙が凝り始め、「どうぞ!」と誰かが言った。ホアキンが立ち上がった。当初その声は震え、くぐもっていたが、すぐに明瞭になり、またちがう調子で響き渡った。沈黙を埋め尽くして、彼の声だけが聞こえた。驚きは一様であった。これほど激しく熱のこもった賛辞は、これほどまでにその作品と作り手に対する称賛と愛情に満ち溢れた賛辞は、かつて述べられたことがなかった。アベルとともにした幼少期の、彼らのうちのどちらとして自分が何になるか想像もしていなかった日々をホアキンが呼び起こした時には、多くのものが涙のこみ上げてくるのをおぼえた。

「私ほど彼のことを深くまで知っている人はないでしょう」彼は言った。「思うに、私は自分自身についてよりも彼のことをよく知っている、より純粋に、というのも私たちは自分自身のうちには、われわれがそれより生じた泥しか見ることができないのですから。私たち自身の最も良いものを見出すのは他者のうちであり、それを愛する、それが尊敬というものです。彼はそのわざにおいて私が自分のそれにおいてなしたいと思うことをやってのけました、それゆえに彼は私のモデルのひとりです。彼の栄光は私の仕事にとって刺激であり、自分が得ることのできなかった栄光の慰めです。彼は私たちの、みなの仲間です。彼はとりわけ私のものです。そして私は彼の作品を愛でながら、それを作り出した彼がそれを自分のものとするのと同様に私のものとするのです。平凡さから逃れられぬ私にとっての慰めを得るのです……」

その声には時に涙が交じった。その魂と悪魔とのとてつもない死闘をひそかに垣間見て、大衆は心を奪われていた。

「さあ、カインの姿をごらんください」熱い言葉を滴るがままにさせて、ホアキンが言った。「悲劇的なカインの姿を、彷徨える農夫となった、最初に市を築いた、勤勉と妬み、そして社会生活の父の姿を見てください！　どれほどの親しみでもって、同情、愛情でもって不幸な男が描かれているかをごらんください。かわいそうなカイン！　私たちのアベル・サンチェスがカインを敬愛すること、ミルトンがサタンを敬愛するがごとくであり、彼がそのサタンに恋をしたように、アベルもまたそのカインに恋しているのです。というのも敬愛は愛情であり、愛情とは苦しみを分かち合うことなのですから。私たちのアベルはその最初のアベルを殺した男の、聖書の伝承によれば最初の死を世界にもたらした男のあらゆる悲惨を、あらゆる不当な不幸を悲しみました。私たちのアベルは、咎があったというそのことゆえに咎をもったカインを理解し、その苦しみを分かち合い、彼を愛することを教えてくれます……。この絵はある愛の形なのです！」

　話し終えたホアキンは、それが沸き立つ喝采に変わるまでの沈黙の深さを測った。その時、蒼白の、痙攣して言葉も自由にならないアベルが目に涙を浮かべて立ちあがり、その友に言った。

「ホアキン、君の言ったことは僕の絵よりもずっと、僕がこれまでに描き、そしてこれより僕が描くであろうすべての絵よりもずっと価値があったよ……。これこそが、これこそが真の芸術というものさ。君の言ったことを耳にするまで、僕は自分が何をなし遂げたのかを知らずにいたよ。僕ではなく、君さ、君こそが僕の絵を描いたんだ！」

　永遠の友ふたりは、起立した会衆者たちの割れんばかりの喝采の中で、涙を流しながらお互いを抱擁した。抱き合っているホアキンに彼の悪魔は言った。「今こそおまえの腕の中でこいつの首を絞められるのにな……！」

「すばらしい！」と人々が言った。「なんという弁論家だろう！　なんという演説だろう！　誰がこんなものを予想しただろうか？　速記者がいなかったのは残念の極みだ！」

「すばらしかったよ」ひとりの男が言った。「こんな代物を耳にすることは二度とあるまい」

「僕は」べつの男が言った。「それを耳にして鳥肌が立ったよ」

「しかし彼の蒼白なことといったらどうだい、ごらんよ」

そして、そのとおりであった。その勝利のあとでホアキンは、敗北感をおぼえ、悲しみの深い裂け目に沈んでいくのを感じていた。そう、彼の悪魔は死んではいなかった。かの演説はこれまで手にしたこともなく、二度とふたたび手にすることもない成功ではあったが、その友の絵画における栄光を翳らせるための栄光を手にするために弁論に身を捧げるという考えが彼の頭をよぎった。

「アベルの泣き方といったら、見たかい？」退出しながらひとりの男が言った。

「ホアキンのあの演説は、相手の絵をすべて集めたよりも価値があるよ。演説が絵を作り上げたんだ。演説による絵画と呼んでもいい。演説を抜きにしたら、あの絵に何が残るというんだい？　何も残らないよ！最高賞だとしてもね」

ホアキンがその家に帰り着いた時、アントニアは彼のために扉を開き、そして彼を抱きしめた。

「もう知っているのよ、みなさんが教えてくれたの。そうよ、その意気よ！　あなたは彼よりも値打ちがあるの、ずっとよ。もしあの人の絵に価値があるとしたら、それはあなたの演説によるものだと知ることでしょう」

「そのとおりだ、アントニア、そのとおりだ、だが……」

「だが何だとおっしゃるの？　まだ……」

「まだ、そうなんだ。僕たちが抱擁しているあいだ、悪魔の奴が、僕の悪魔が囁いたことを君に言うつもりはないけれど……」

「どうかおっしゃらないで、黙っていて！」

「ならこの口を塞いでくれ」

そして彼女は長く、熱く、湿った口づけによって彼の口を塞いだが、そうしているあいだに彼女の眼は涙にかすんでいった。

「こうやって君が僕の悪魔を追い出して、アントニア、吸い出してくれるのかなあ」

「そう、それで私がとり憑かれるってわけね？」哀れな女は笑おうとつとめた。

「そうさ、吸い出してくれ、奴は君に危害を加えることはできないし、君の中で死んでしまう、聖水の中でそうなるみたいに君の血の中で溺れ死ぬだろう……」

そして帰宅したアベルがエレナとふたりきりになった時、彼女は言った。

「いろんな人がやってきてホアキンの演説の話をしていったわ。彼はあなたの勝利を呑み込まないでは、台無しにせずにはいられなかったのよ！」

「そんな言い方をするなよ、おまえ、彼が話すのを聞いてもいないじゃないか」

「聞いたみたいなものよ」

「心からの言葉だったよ。僕は感動させられた。じつは、彼が説明してくれるのを聞くまで、僕さえも自分が何を描いたのかを知らずにいたんだ」

「彼のことを信じちゃだめ……、信じてはいけないわ……。あなたのことを褒めそやしたのもきっと何か……」

「思ったことを彼が口にしてはいけないのか？」

「彼があなたへの嫉妬に狂っていることは知っているでしょうに……」

「黙ってくれ！」

「狂ってる、そうよ、あなたへの嫉妬で気が変になっているのよ……」

「黙れ、黙れ、お願いだから黙ってくれ！」

「恋のせいではないわ、だって一度はそうだったとしても彼はもう私のことを愛していないんですもの……。妬みよ……、嫉妬なのよ……」

「黙れよ！　黙ってくれ！」アベルは呻（うめ）いた。

「いいわ、何も言わない、でもあなたにもわかるわ……」

「僕はこの目で見たし、この耳で聞いた、それで十分だ……。お願いだから黙ってくれ！」

第十五章

だが、しかし！　かの英雄的な行いも哀れなホアキンを救いはしなかった。

〈私は後悔をおぼえ始めた〉と『告白』に記している。〈私が言った言葉を、口にしたことを、私の邪な激情から自由になるためにそれを爆発するがままにしなかったことを、彼の芸術のごまかしと偽りの奇抜さ、その模倣と冷淡で計算しつくされた表現技法を、感動の欠如を暴露し、彼を芸術家として抹殺しなかったことを。そして彼の栄光を葬り去らなかったことを。そうやって、真実を口にし、彼の名声をしかるべき評価へと押し下げることで、私はもう一方のものから自由になることができたであろうに。おそらくカインも、聖書の中の、べつのアベルを殺した男も、その死んだ姿を目にしてすぐさま、彼を愛し始めたのだ。この時こそ私が信仰を持ち始めた時である。あの演説がもたらしたものに私の回心は由来している〉

ホアキンが『告白』の中でそのように呼んだものは、その妻アントニアが彼の癒えていないことを見てとり、もしかすると癒えることはないのではと恐れ、戦いの武器をその両親の、彼女の、そして娘のものにもなるはずの信仰のうちに、祈りのうちに探すよう仕向けたものであった。

「あなたに必要なのは告解に行くことだわ……」

「しかし、おまえ、教会に行かなくなって何年にもなるのに……」

「だからこそよ」

「でも、そういったものを信じてはいないのに……」

「あなたがそう思っているだけだわ、でも神父さまが教えてくださったの、あなたたち科学者がいかに信じないということを信じているかを、つまり、信じているのよ。あなたのお母様があなたに教えたことを私は知っているし、私たちの娘にも教えることなのよ……」

「わかった、わかった、ほうっておいてくれ！」

「いいえ、ほうっておくものですか。告解に行ってちょうだい、お願いですから」

「それで、僕の考えていることを知った人たちはなんと言うか？」

「あら、そんなことでしたの？　世間体？」

　しかしこのことはホアキンの心に効果をもたらし始め、本当に信じていないのかどうかを自問し、信じていないにせよ教会が彼を救うことができるかどうかを試す気になった。そして、あたかも彼の不信心な考えを知っている人々に対する挑戦であるかのように、あからさまなほどに、足繁(しげ)く聖堂に通い始め、ついには聴罪師のもとへ向かうようになったのである。そしてある時、告解場の中で彼はその魂を解き放った。

「彼が憎いのです、神父様、心の底から彼が憎いのです、そして今あるような信仰がなければ、今あるような信じたいという気持ちがなかったならば、私は彼を殺していたでしょう……」

「だが息子（イホ・ミオ）よ、それは憎しみではない。それはむしろ嫉妬だよ」

「すべての憎しみは嫉妬です、神父様、すべての憎しみは嫉妬なのです」

「しかしそれを気高い競争心に、仕事や神への務めにおいて最善を成す意欲に変えなければ……」

「無理です、できないのです、仕事をすることが。彼の栄光が気になって」

「努力しなければ……、そのために人間は自由なのだから……」

「私は人間の自由意思を信じません、神父様。私は医者です」

「だが……」

「私がいったい何をしたというのでしょう、神が私をこんな風に、恨み深く、嫉妬深く、悪いものにお造りになられたのは？　父はどれほど悪い血を私に伝えたというのでしょう？」

「息子（イホ・ミオ）よ……、息子（イホ・ミオ）よ……」

「そうです、私は人間の自由を信じないのです、そして自由を信じないものは自由ではありません。そう、私はそうではないのです！　自由であるとは、自由であると信じることだ！」

「おまえは神を信じないがゆえに不幸なのだよ」

「神を信じないことは悪ですか、神父様？」

「そんなつもりで言ったのではないよ、おまえの邪な感情は神を信じないことから来ていると言いたかったのだ……」

「神を信じないことは悪ですか？　もう一度お尋ねします」

「そうだ、悪だ」

「ならば私を悪いものにお造りになった神を私は信じません。カインを悪いものにお造りになったように、神は私を信じざるものにお造りになったのです」

「おまえを自由なものとしてお造りになったのだよ」

「そう、悪人となる自由があります」

「そして善人になる自由もあるだろう！」

「私はなぜ生まれたのです、神父様？」

「むしろ、何のために生まれたのかを問うべきだよ……」

第十六章

アベルは幼子を腕に抱いた聖母を描いたが、それはほかでもなくその妻エレナと息子、アベリート[030]の姿であった。その絵は成功をおさめ、複製が作られ、そのみごとな写真の前でホアキンは聖母に次のように言って祈りを捧げた。「私をお守りください！　どうか、私をお救いください！」

自分自身に言い聞かせるように、小さな声で囁くように祈りを捧げながら、彼は内奥から沸き起こる、より低い声が次のように言うのを黙らせようとしていた。「奴が死にますように！　そうすればこの女はおまえのものだ！」

「いったい、どうして今になって反動を見せたんだい？」ある日、アベルがホアキンに言った。

「僕が？」

「そうさ、君は教会に通って、毎日ミサを聴いているというじゃないか。神も悪魔も信じていなかった君だ、それがほかでもなくそんな風に回心してしまったんだから、これは反動というよりほかあるまい？」

「それで、君に何のかかわりがある？」

「何も、かかわりあいにもなりたくないしね。ただ……、本当に信じてるのかい？」

「僕は信じることを必要としているんだ」

「それはべつのことさ。だが、君は信じてるのか？」

「言っただろう、信じることが必要だと、これ以上聞かないでくれ」

「じゃあ僕は芸術だけで十分だよ。芸術こそ僕の信仰さ」

「でも君は聖母像を描いているじゃないか……」

「そうさ、エレナの姿をしたね」

「彼女は聖母ではないだろう、正確には」

「僕にとってはそうなのさ。僕の子の母なんだから……」

「それだけか？」

「すべての母親は、母親であるかぎりにおいてことごとく聖母だよ」

「今度は神学問答か？」

「知るもんか、ただ僕は反動家や信心家ぶった奴は嫌いだね。そういったものはすべて嫉妬から生まれるようにしか見えないし、だからこそ君みたいな男が、大衆や凡人どもとはちがうと思っていた君が、そんなお仕着せを身にまとうとは驚きだよ」

「これはこれは、アベル、ちゃんと説明してくれ！」

「簡単なことさ。月並みで低俗な精神はちがいを示すことができない、そして他者がちがっていることに我慢がならず教義の制服をそいつに押しつけるのさ、そいつらが目立たないように配給品の制服をね。ありとあらゆる正統の根源は、宗教においても芸術においてもおなじことだが、間違いなく嫉妬なんだよ。もしも、僕たち誰しもが自分の着たいと思うものを身につけられるなら、ある人は人目を引くおめかしをして、持前の優雅さを際立たせるだろうし、それが男で女たちの称賛を集め、恋心を抱かせるのであれば、べつの男、もちろん月並みで低俗なその男は、彼のやり方に倣って身を装わんとして馬鹿な真似をしでかすほかあるまい。だからこそ大衆や凡人どもは、嫉妬深い彼らは、ある種の制服を、操り人形みたいな服装を考えだしたのさ、流行となるようなね。だって、流行もまたべつの正統なのだから。目を覚ませよ、ホアキン、危険、大胆、不敬と言われている考えはただ平凡な才能しか持たないかわいそうな連中や、自分自身の考えも独創性のひとかけらもなく、ただ常識と平凡さしか持ち合わせない連中に思いつかないというだけのことなんだから。彼らが最も忌み嫌うのは想像力だよ、なぜなら彼らはそれを持っていないのだから」

「それで、たとえそうだとしてもだ」ホアキンは声高に言った。「低俗だの、月並みだの、平凡だのと呼ばれている人たちには、身を守る権利さえないのか？」

「おぼえてるかい？　以前君はこの家でカインの、嫉妬深きものの弁護をしたのを。また後になって、僕がいつまでも君に繰り返すだろうあの忘れがたい演説、僕の名声が最も多くを負っているあの演説において、君はカインの魂というものを僕たちに、少なくとも僕に教えたんだ。だがカインはけっして低俗でも、月並みでも、平凡でもない……」

「しかし彼は嫉妬深きものたちの父だ」

「そうさ、しかしそれはべつの嫉妬、そういう連中のものとはちがうよ……。カインの嫉妬は何かしら偉大なものなんだ。狂信的な異端審問官のそれはあり得るかぎり最も些少なものさ。だから君がそういった連中のあいだにいることが僕には衝撃なんだよ」

「しかしこの男は」アベルと別れてホアキンは独り言を言った。「僕の心を読んでいるのか？　僕の変化を見てとった様子ではなかったが。絵を描くように、話し、考えているんだな、何を言い、何を描いているのかもわからずに。僕が思慮深い職人を彼に見出そうと努力したところで、彼は無意識にそれをやっている……」

第十七章

ホアキンは、アベルがなじみのモデルと関係を持っていると聞き及び、彼が愛ゆえにエレナと結婚したのではないという疑いを裏付けた。「あのふたりは」彼は内心に思った。「僕を辱めるために結婚したんだ」と。それから付け加えた。「彼女も、エレナも彼を愛してはいない、愛せるはずがない……。彼女は誰も愛していない、愛情を持つことができないんだ。彼女は単に虚栄心の美しい容れ物に過ぎない……。虚栄心と、僕への蔑みゆえに結婚したんだ、虚栄心が気まぐれゆえに夫を裏切るのも平気だろう……。夫として望みはしなかった男とでさえも……」時をおなじくして灰の中より、彼の憎しみの氷によって消えたと思っていた炎が燃え上がった。それはエレナに対するかつての愛情であった。そう、彼はあらゆることにもかかわらず雌の孔雀に、男たらしに、その夫のモデルに、恋をし続けていたのである。もちろん、アントニアはより重要ではあったが、もうひとりの女はもうひとりの女であった。それから、復讐……、復讐のなんと甘美なこと！　凍りついた心臓にはかくも温かいもの！

何日もしないうちに彼はアベルの家へ、その不在の折を見計らって出かけていった。子供とふたりっきりのエレナの姿を、甲斐なくもその神格化された似姿に庇護と救済を希ったあのエレナの姿を見つけた。

「アベルから聞いたわよ」従姉妹は言った。「あなた今では教会にご執心なんですってね。アントニアが連れて行ったのかしら、それともアントニアから逃れるためなのかしら？」

「どういうことだい？」

「だってあなたたち男性が信心深くなるのは奥さんに渋々付き合うか、彼女から逃れるためでしょう……」

「必ずしも教会に行くためではなしに、女房から逃げる男もあるけどね」

「あら、そう？」

「そうさ、でもその話をした君の旦那がまだ知らないこともあるよ、つまり僕は教会で祈っているばかりではなくて……」

「もちろんだわね！　信心深い人は誰しも家庭にあって祈りを捧げるべきですもの」

「それもしているさ。そして僕が聖母に祈る一番のことは、庇護と救済を与えてくれることさ」

「とてもいいと思うわ」

「僕がどんな聖母像の前でそれを祈っているか知ってるかい？」

「さあ、言ってくれなきゃわかりっこないわ……」

「君の夫が描いたそれさ……」

突然赤らめた顔をエレナは客間の隅で眠る子供の方に向けた。不意に訪れた攻撃に彼女は困惑した。しかし落ち着きを取り戻してこう言った。

「あなたのそれは不敬虔(ふけいけん)だと思うわ、それに考えてもみて、ホアキン、あなたが最近になって始めた信心はお笑い草よ、それどころか……」

「誓って言うよ、エレナ」

「第二に、聖なる御名(みな)にかけてみだりに誓いを立てるべきではないわ[031]」

「だから君にかけて誓うよ、エレナ、僕の回心は本物だ、それはつまり、僕は信じたかったんだ、信じることによって僕を貪る激情から身を守りたかったんだ……」

「ええ、あなたの激しい感情はよく知っているわ」

「いや、君は知らない！」

「知っていますとも。あなたはアベルに我慢がならないのよ」

「でも、なぜ僕が彼を我慢できないんだ？」

「それはあなたが知っているはず。あなたはこれまでずっと彼に我慢がならなかった、私に彼を紹介するよりも以前から」

「嘘だ……！　嘘っぱちだ！」

「本当よ！　真実だわ！」

「でも、なぜ僕が彼を我慢できないというんだ？」

「なぜなら、あの人が評判を、名声を勝ち得るからよ……。あなたには患者さんたちがいるじゃない？　それで満足できないの？」

「わかったよ、エレナ、本当のことを、何もかもを打ち明けよう。僕はそれで満足できないんだよ！　僕は有名になりたかった、学問で新たな何かを発見したかった、何か科学的な発見に僕の名前を結びつけたかったんだ……」

「なら、それに専心なさいな、才能がないでもあるまいし」

「専心……、それに専心する……。それに専心しただろうさ、そうとも、エレナ、もしもその栄光を君の足元に捧げることができたならば……」

「なぜアントニアの足元に捧げないの？」

「彼女の話はよしてくれ！」

「あら、そういうことなの！　あなたは私のアベルが」彼女は「私の」という部分を強調した。「いない時を見計らってやってきたわけね」

「君のアベル……、君のアベルか……。奴が君のことを少しでも気にかけているっていうのかい?」

「何よ? あなたもまた告げ口しにきたっていうわけ?」

「君のアベルにはほかにもモデルがいるんだよ」

「だから何だっていうの?」エレナは立ちあがって抗弁した。「そうだとしても、だから何なの? 彼が女をものにできるっていうだけのことだわ! もしかして、あなたはそれで彼に嫉妬しているってわけ? あなたはその……アントニアで満足するしかないってわけ? そう! 彼がよそで女を見つけたから、あなたもここにべつの女を見つけに来たってわけ? それで、陰口を言いに来たわけね? 恥ずかしくないの、ホアキン? 出ていって、出ていってちょうだい、あなたを見るだけで吐き気がするわ」

「よしてくれ、エレナ、君は僕を……、僕を殺そうとしているんだ!」

「さあ、行きなさいよ、教会に行くがいいわ、偽善者、嫉妬の鬼、あなたを癒してくれる女のところへ行くがいいわ、あなたはひどく病んでいるのだから」

「エレナ、エレナ、君だけが僕を癒すことができるんだ! 君が愛するものたちの名にかけて、エレナ、ひとりの男を永遠に失おうとしているということを知ってくれ!」

「あら、じゃああなたを救うことで私がもうひとりの男を、私の夫を失っていいと言うのかしら?」

「彼を失いはしないよ、もう失ってしまっているのだから。君のことは彼にとってどうでもいいことだ。彼は君を愛することができないんだ。僕が、僕こそが全霊をかけて君を愛する、君が想像もしないほどの愛情を持って愛するんだ」

エレナは立ち上がり、子供の方へ向かい、目を覚まさせると、その子を腕に抱いてホアキンに向き返り、言った。「出ていってちょうだい！　この子が、アベルの息子があなたを叩き出すわ。出ていって！」

第十八章

ホアキンはますます悪化した。エレナの前で魂を丸裸にしてしまったと知っての怒りと、彼女が彼をいかに拒絶したか、それによって彼女が彼を蔑んでいることをはっきりと目にしたのであるが、その絶望は彼の心を打ちのめした。しかし彼はその妻と娘とに慰めと癒しを求めることで自分自身を保った。家庭の生活はますます暗く彼にのしかかり、彼の機嫌を損なった。

その頃、日ごとミサを聴きにいくようにつとめ、仕事の合間の自由な時間には部屋に籠って祈りを捧げる、というとても敬虔な女中が家にあった。伏せた眼を床に落として歩き、すべてのことにこの上もない従順さとどこか鼻にかかったような声で応じるのだった。ホアキンは彼女に我慢がならず、口実を見つけては怒鳴り散らした。

「おっしゃるとおりです、旦那様」と彼女はいつも言うのだった。

「何がおっしゃるとおりなんだ？」ある時主人であるところの彼は、忍耐をとうに失って大きな声を上げた。

「いいか、僕の言い分に道理などないんだ！」

「わかりました、旦那様、怒らないでください、道理はございません」

「それだけか？」

「おっしゃっている意味がわかりません、旦那様」

「わからないとはどういうわけだ、猫かぶりの偽善者め！　なぜ自分を守ろうとしない？　なぜ僕に言い返さないんだ？　なぜ逆らわないんだ？」

「逆らう、私がですか？　神様と聖母様が私のことを守ってくださいます、旦那様」

「もういい加減になさい」アントニアが割って入った。「彼女が非を認めて、それで充分じゃないの？」

「いいや、認めてはいないね。この女は傲慢さに満ちている」

「私が傲慢とおっしゃるのですか、旦那様？」

「どうだい？　こいつはそれを認めようとしない傲慢な偽善者さ。こいつは僕を利用して、僕をだしに、謙虚と忍耐の修練を積んでいるんだ。僕の不機嫌の激発を忍辱(にんにく)の美徳の修練のための苦行の道具にしているんだ。だしにされるなんてごめんだ！　絶対に！　僕をだしにするな！　天に徳行を積むための手段に僕を使ってくれるな！　それこそ偽善というものだろう！」

女中は涙を流し、もぐもぐと祈りの言葉を唱えた。

「でも、もしそうだとしても、ホアキン」アントニアが言った。「この子は本当に謙虚なの……。なぜ逆らわなければならないというの？　もしもこの子が逆らったなら、あなたはもっと腹を立てるでしょうに」

「そうじゃない！　隣人の弱さを美徳の修練の手段にすることが卑劣な行いだというんだ。口答えをすればいい、横柄になればいい、女中ではなく……人間になればいいんだ……」

「そうしたら、ホアキン、あなたはもっと怒るでしょうに」

「ちがう、何よりも僕が我慢ならないのは、より大きな完成に近づきたいというその願望なんだ」

「あなたは間違っておいでです、旦那様」床に落とした視線を上げることもなく女中は言った。「私は自分が誰かよりも優れているとは思っておりません」

「そうなのか、ほう？　この僕はそう思っているよ。自分が他人より優れていると思わない奴はうすのろさ。おまえは自分が女たちの中で最も罪深いものだと思ってるんじゃないのか？　どうだ、答えろ！」

「そんなことをお尋ねになるものではありません、旦那様」

「さあ、答えろ、聖ルイス・ゴンサガ[032]も自分が人間の中で最も罪深いと考えていたというじゃないか。答えろ、おまえはそう思っているのか、いないのか、女たちの中で最も罪深いものだと」

「ほかの女性たちの罪は私にとってかかわりのないことです、旦那様」

「馬鹿め、馬鹿より始末に負えない。ここから出ていけ！」

「私がそうするように、神様があなたをお許しになりますように、旦那様」

「何をだ？　戻って来い、そして言うんだ。何を許すというんだ？　神が僕の何を許すというんだ？　おい、言ってみろ」

「ああ、奥様、奥様には申し訳ありませんが、お暇をちょうだいいたします」

「最初からそうすればよかったんだ」ホアキンは締めくくった。

　その後、妻とふたりきりになって彼は言った。

「あの猫かぶりの小娘、僕の気が狂っていると触れ回ったりはしないだろうか？　それとも、もしかして僕は気が狂っているんじゃないか、アントニア？　教えてくれ、僕は気が狂っているのか、どうなんだ？」

「後生だからホアキン、そんなこと言わないで……」

「そうだ、そうなんだ、僕は狂っているんだ……。僕を閉じ込めてくれ。こいつのせいで僕はおしまいだ」

「あなたがそれをおしまいにしなくては」

第十九章

　ホアキンは今や娘を育て上げ、教育し、世の中の倫理的荒廃から遠ざけておくことにその熱意のすべてを捧げた。

「ごらん」彼は妻に言った。「あの子がひとりっ子でいること、僕たちがほかに子供を持たなかったことは幸いだったよ」

「あなたは息子が欲しくはなかったの？」

「いやいや、娘の方がいいさ、堕落した世界から隔離するのは女の子の方がずっと容易(たやす)いもの。その上、ふたりも子供があったとしたら、そのあいだに嫉妬が生じただろうし……」

「まさか！」

「そのまさか、さ！　何人もの子供に愛情を平等に分け与えることはできないんだ。一方に与えられるものは、他方からかすめ取られたものなのさ。どの子も自分に、自分だけにすべてを求めるんだ。いやだね、神の境遇はご免だよ……」

「それはどういうこと？」

「たくさんの子供を持つことさ。僕たちはみな神の子だって言わないかい？」

「そんなことを言うのはよして、ホアキン……」

「健康な人間がいて、病人もいるんだよ……。病気の分け前を見てみるがいい」

彼は娘が人とかかわりを持つのを望まなかった。彼女には女の家庭教師をつけ、また暇な時には彼自身が何かしら教えもした。

かわいそうなホアキナは、世界と人生についての陰鬱な考えを教わりながら、父親が病気であることを見てとった。

「もう一度言うけれど」ホアキンは妻に向かって言った。「僕たちに娘がひとりしかいないこと、そして愛情を分け与えずにすむことはいいよ、ずっといいことだよ」

「与えるほどに大きくなると人は言うけれど……」

「それは間違いだよ。訴訟事務をやっているかわいそうなラミレスのことをおぼえているかい？　その父親には息子がふたり、娘がふたりあって、資産はわずかだった。その家ではスープ、煮込み、メインの三皿料理が出るんだが、煮込みはあってもメインは父親だけ、ラミレスの父親がメインを食べて、時々はそれを息子の一方、娘の一方にもやるんだが、ほかのものにはけっしてやらなかった。特別な日に豪勢な食事をする時、二皿のメイン料理が出されてみなで分け合うんだが、家長である彼には、ほかから区別するためにもう一品あった。階層は守られなければならなかったんだ。夜になって、床に就く段になるとラミレスの父親は息子たちのひとり、娘たちのひとりだけにキスをしたが、ほかのふたりにはけっしてしなかった」

「なんてひどいのかしら！　でもなんでそんなことを？」

「知るもんか……。お気に入りの子たちの方がかわいく見えたんだろう……」

「カルバハルみたいなものね、末の娘には見向きもしない」

「あれは、末娘ができた時に前の子から六年もあいだが空いていて、その頃懐具合も芳しくなかったんだ。望んでもいなかった新しいお荷物というわけさ。だから彼女を邪魔者呼ばわりしているのさ」

「なんて恐ろしいのかしら、神様！」

「人生とはそういうものなんだ、アントニア、恐怖の温床なんだよ。僕たちが愛情を分配しなくてすむことを神に感謝しようじゃないか」

「黙らっしゃい！」

「黙るとも！」

そして彼は沈黙した。

第二十章

アベルの息子は医学を専攻し、父親はしばしばホアキンにその勉学の進展ぶりを報告した。時々はホアキンも当の若者と言葉を交わし、愛着をおぼえるようになったが、それほどにどうでもよかったのである。

「それで、なぜ息子を画家ではなく医者の道にやったんだい？」彼は友人に尋ねた。

「僕がそうさせたわけじゃない、自分で選んだのさ。芸術にはとんと天稟をおぼえないらしい……」

「なるほど、医学を志すのに天稟は必要ないというわけか……」

「そうは言ってない。君はいつだってひどく面倒くさいね。だが絵画に資質をおぼえないばかりか、興味すらないんだ。僕が描いたものの前で足を止めることもないし、知ろうともしないんだ」

「その方がいいかもしれないよ……」

「どうして？」

「だって絵画に身を投じたなら、君より上手いか下手かのどちらかだろう。もし下手だったとしたら、息子の方のアベル・サンチェスは下手な方のアベル・サンチェスだの、悪い方のサンチェスだの、駄目な方のアベルだの呼ばれる羽目になって[033]、そんなのはかわいそうだし、あんまりだ……」

「もし僕より上手かったら？」

「あんまりなのは君の方ということになる」

「泥棒は他人をみな泥棒であると思う、という諺があるね」

「なるほど、今度は矛先が僕に向いたというわけか。芸術家は他人の栄光を我慢できないし、それが息子や兄弟であってみればなおさらのことさ。他人の方がまだましだ。おなじ血を引く人間が彼を超えるとなったら……、それは耐えられやしないよ！　どうやって説明すればいいのかな？　彼を医学に進ませてよかったんだ」

「それに、その方が実入りがいい」

「でも、絵で荒稼ぎしてないって僕に思わせるつもりかい？」

「なに、ちょっとばかりさ」

「それに栄光だ」

「栄光？　はかないものだよ」

「金の方が一瞬さ」

「でも手に触れられるだろう」

「とぼけるなよ、アベル、栄光なんて気にしちゃいないというふりはよせ」

「はっきり言うけれど、今日の僕の心配事といったら息子に何らかの遺産を残せるかどうかだよ」

「名前を残してやれるじゃないか」

「名前は金にならないよ」

「君のならなるさ！」

「僕のサインか、でも……それはサンチェスじゃないか！[034]　あの子がアベル・S・プイグとサインせずにいてくれたら、せめてもの救いだね！[035]　あの子をサンチェス家の侯爵にしてやれたらなあ。そうして、サンチェスという名字の呪いをアベルの名で打ち消すのさ。アベル・サンチェスは良い名だよ」

第二十一章

自分自身から逃れるために、そしてまたつねにつきまとうもうひとりのアベルの存在とともに自らに立ち現れる悲惨で病的な意識をその精神に押し沈めるために、彼はカシノ[036]の集まりに顔を出すようになった。そこでの他愛のない会話は彼にとって麻薬のようにはたらき、さらにいえば彼を酩酊(めいてい)させただろう。破壊的な激情を押し沈めるために、破れた恋をワインに溶かすために、酒に身を任せないものがあるだろうか？そこで彼は、その激しい感情を鎮めるために、カシノでの会話に、積極的に参加するのではなく、むしろ耳を貸すことに没頭したのである。ただ、病そのものよりもなお薬の方が悪かったのだ。

彼はいつも自制すること、笑い、冗談を言うこと、ふざけているかのように噂話に興じること、人生に興味を失い、理解することは許すことという言い草に鑑みて職業的懐疑主義者のごとく善良な傍観者然としてそこにいること、そして彼の意志を喰らい尽くす癌を見透かされることのないようにと心に決めて足を運ぶのだった。しかし病は思わぬ時に口をつき、言葉に現れ、その病の悪臭は誰しもの鼻についた。彼はいつも自分自身に苛立ちをおぼえて帰宅し、臆病さと自制心の乏しさを自らに責めながら、カシノでの集いには二度と足を運ぶまいと誓った。『もう』彼は内心に思うのだった。『行かない、行くべきじゃないんだ。こいつは僕を悪化させ、より深刻にしているんだ。あの空気が有害なんだ。あそこでは悪い感情の滞った空気よりほかに呼吸のしようがない。もう戻らないぞ。僕に必要なのは孤独、孤独だけだ！　聖なる孤独だけなんだ！』

そうして彼は戻っていくのだった。

孤独に耐えることができないがために彼は戻っていくのだった。なぜなら、孤独の中で彼はほとんどといってひとりでいられたためしがなく、そこにはつねにもうひとりの姿があったのだ。あいつの姿が！　会話の中で、相手が口にした言葉を組み立て直しながら、彼は驚くべき発見をした。もうひとりの男はその孤独な対話の中で、その対話のような独白の中で、恨みなど露ほども見せず、さして重要でもないか、あるいは楽しいことを話すのだった。「なんてこった、なぜ僕を憎まない！」彼はついに言った。「なぜ僕を憎んでいないんだ？」

ある日彼は、不敬虔で悪魔的な祈りによって、アベルの魂に彼、ホアキンに対する憎悪を抱かせることを神に願おうとしている自分自身に驚愕（きょうがく）した。そしてふたたび「ああ、奴が僕に嫉妬をおぼえるなら……、僕を妬むのなら……」と祈った。彼の精神の暗澹（あんたん）たる闇を照らす青白い閃（ひらめ）きのようなこの考えに身のとろけるような、魂の戦慄した髄まで震わせるような喜びをおぼえた。嫉妬されること……！　妬まれること……！

「しかし、これは」彼はすぐさま思った。「僕が自分を憎み、自分自身に嫉妬しているということではないだろうか……？」部屋のドアに近づいていって、鍵を下ろし、あたりを見回して誰もいないことを確認すると跪き、その声を震わせる涙を浮かべながら、呟くように祈った。「主よ、主よ。あなたの隣人をあなた自身のように愛せ[037]、とおっしゃったのはあなたでした！　私は隣人を愛しません、愛せないのです、なぜなら自分を愛していない、愛し方がわからない、自分自身を愛することができないからです。主よ、あなたは私に何をなさったのでしょう？」

　そしてすぐさま聖書を手に取り、エホバがカインに「あなたの弟アベルは、どこにいるのですか」と問うている箇所を開いた[038]。ゆっくりと本を閉じると、呟いた。「僕はどこにいるんだ？[039]」その時部屋の外で物音がして、彼は急いでドアを開けた。「お父様、大好きなお父様！」入ってくるなり、娘が大きな声で言った。彼は娘に口づけをし、その耳に触れるほどに口を近づけて、誰にも聞かれることのないように小さな声で、とても小さな声で言った。「おまえのお父様のために祈っておくれ、娘よ！」

「お父様！　お父様！」首のまわりに腕を伸ばしてしがみつき、娘は呻くように言った。

　娘の肩越しに顔を隠して、彼は泣き崩れた。

「どうしたの、お父様、具合でも悪いの？」

「そう、私は病気なんだ。でもそれ以上何も聞かないでおくれ」

第二十二章

そして彼はカシノに舞い戻った。抵抗することはできなかった。毎日そこへ行く口実を自分自身にでっち上げた。社交の風車は回り続けた。

そこにはフェデリコ・クアドラドがいた。容赦のない男で、人が誰かを褒めそやすのを耳にすると、「その美辞麗句はいったい誰にあてつけられたものですかな？」と相手に尋ねるのだった。

「なぜならわしは」彼は冷徹鋭利なその小さな声で言った。「担がれるのはごめんでね。人が誰かを大いに褒めそやす時、そこにはそうすることでこき下ろしたいべつの人間、称賛されている男のライバルがあるのだよ。悪意なしに称賛がなされる時、もうひとりの男を痛めつけているのさ……。善意から誰かを褒めそやすなんてことはないのだよ」

「ですが」鉄面皮のクアドラドに話をさせて愉しんでいるレオン・ゴメスが反論した。「あそこにドン・レオビヒルドがいらっしゃるが、あの方が人の悪口を言っているのなんて聞いたことがありませんよ……」

「しかるに」ある地方議員が割って入った。「それはドン・レオビヒルドが政治家であるからであって、政治家たるものはあらゆる人々にとって感じよくあらねばならないのです。いかがですかな、ドン・フェデリコ？」

「ドン・レオビヒルドは死ぬまで誰かのことを悪く言うこともなければ、よく思うこともなく死を迎えられると言っておこう……。たとえ誰ひとり見ているものがなかったとしても、あの人は他人を転ばせるためにほんの軽い一押しさえすることはなかっただろう。それというのも刑罰のみならず、地獄を怖れているからだ。しかし誰かがひとりでに転んで頭を打ちつけたなら、彼は骨の髄まで喜んだだろうね。そして他人が頭の骨を打ち砕いたのを喜ぶために彼は一番にその不幸に同情をみせて、お悔やみを言うだろうよ」

「そんな思いを抱いて生きていける人がいるとは知りませんでした」ホアキンは言った。

「どんな思いを抱いて、というのかね？」すぐさまフェデリコは抗弁した。「ドン・レオビヒルドは、わしは、おまえさんは、どんな思いを抱いているというのかね？」

「僕のことは関係がないでしょう！」明らかに渋々といった様子でホアキンは答えた。

「だがわしが問題にしているんだよ、息子（イホ・ミオ）よ、なぜならここではわしらみながお互いを知っているのだからね……」

ホアキンは自分が青ざめるのがわかった。フェデリコが、その守護悪魔がその鉤爪を誰かに向ける時に口にする「息子よ（イホ・ミオ）」というその呼びかけは、氷のナイフの一突きのごとく彼の心の奥底にまで達した。

「なぜドン・レオビヒルドにそれほどの憎悪を向けられるのかわかりませんね」ホアキンはそれを口にしたことをすぐさま後悔しながら、というのも火に油を注いだだけだと感じていたからだが、付け加えた。

「憎悪だって？　憎悪を、わしが？　ドン・レオビヒルドに？」

「ええ、あなたがどんなひどい目に遭わされたのか存じませんがね……」

「まず第一に、息子よ（イホ・ミオ）、誰かに対して憎悪を抱くのに、何かひどい目に遭わされる必要はないのだよ。誰かに対して憎悪を抱く時、そのひどい目をでっち上げること、つまり何かひどい目に遭わされたふりをすることなど、簡単なのだから……。それにわしはドン・レオビヒルドに対しても、ほかの誰に対しても憎悪なんか抱いてはいない。彼がひとりの人間である、それだけで十分。さらには立派な人間ときている！」

「あなたの人間嫌いは筋金入りですからな……」と地方議員が口を差し挟んだ。「あなたがたには百回も言っていることですが、人間は最も腐敗した、俗悪な生き物ですよ。その上、立派な人間というのは人間の内でも最低の奴です」

「これは、これは！　過日ドン・レオビヒルドのことを正直な政治家と言っていたあなたがそんなことをおっしゃるとはね？」レオン・ゴメスが議員に言った。

「正直な政治家だと！」フェデリコがかっとなって言った。「そんな奴、あるもんか」

「どうしてです？」三人が声をそろえて尋ねた。

「どうして？　だって彼自身がそれを口にしているじゃないか。ある演説で厚かましくも自分のことを正直だと言いやがった。自分をそうだと公言する奴は正直でも何でもない。「福音書」に曰く我らが主キリストは……」

「お願いですから、キリストの名を引き合いに出すのはよしてください！」ホアキンがその言葉を遮った。

「何だい、息子（イホ・ミオ）よ、おまえさんキリストにも弱いというのかい？」

　短く、暗く、冷たい沈黙があった。

「我らが主キリストは」一語一語を噛み締めるように、フェデリコは言った。「彼を善と呼ぶなと言った、善とはただ神のみであると。それなのに、自分自身を正直だとのたまう忌々しいキリスト教徒があろうとはね」

「ですが正直と善とは、正確には異なりますよ」判事のドン・ビセンテが割って入った。

「まさに今あなたのおっしゃったとおりだ、ドン・ビセンテ。まっとうなことを言う判事があろうとは、神に感謝を捧げたいね！」

「つまるところ」ホアキンは言った。「人は正直に告白などするべきではない、そういうわけですね？」

「そんな必要はないからね」

「クアドラドさんがおっしゃりたいのは」判事のドン・ビセンテが言った。「人間どもがずる賢いことを告白して、その上そうあり続けることだよ」

「おみごと！」地方議員が称賛の声を上げた。

「あなたに申し上げるが、息子よ」返すべき言葉を熟慮しつつフェデリコは答えた。「叡智深き我らが母なる教会において、告白の神聖というものの高邁さがいかなるものかをあなたは知るべきですな」

「新たな愚昧というわけですか」判事が割って入った。

「愚昧なものか、むしろ大変叡智ある制度だよ。告白というものは、その罪が許されてあるということを知ることによって、ますます落ち着き払って罪を犯すのに役立つのだからな。そうじゃないか、ホアキン？」

「さあ、もし人間が悔恨するなら……」

「そうだ、息子よ、そのとおりだ。もし人間が悔恨するなら、しかしまた罪を犯して、ふたたび悔恨するなら、罪を犯す時に悔恨するだろうことを知り、後悔する時にはふたたび罪を犯すことを知り、しまいには罪を犯すと同時に悔恨をおぼえるというものだ、そうじゃないか？」

「人間とは不思議なものですな」レオン・ゴメスが言った。

「馬鹿げたことを言うな」

「馬鹿げたこと、なぜです？」

「すべての哲学的な言い草、つまりすべての公理は、すべての常識は、格言めかして勿体ぶって口にされればすべて馬鹿げたことだ」

「それじゃあ哲学はどうなります？」

「わしらがここでやっているもののほかに哲学などないよ……」

「そう、隣人をこき下ろすというね」

「そのとおり。こき下ろされる以上にいいことはないね」

集会がおひらきになると、フェデリコはホアキンに近づいてきて家に来ないかと誘った。というのもしばらく一緒にいたいというのだったが、彼がいずれ近いうちにと断ると、耳元でこう言った。

「わかるよ。いずれというのは口実に過ぎない。おまえさんはひとりになりたいのさ。わしにはわかるよ」

「なぜわかるというのです？」

「ひとりでいるよりよいことはけっしてないからだ。だが寂しくなったらわしのところへやって来い。誰よりも上手くおまえさんの苦しみを振り払ってやろう」

「あなたの苦しみはどうなんです？」

「ふん、そんなもん誰の知ったことか！」

そしてふたりは別れた。

第二十三章

貧窮せる哀れな男が街をさまよっていた。アラゴンの出で、五人の子供があり、代書をしたり、そのほかのなんにせよ、どうにかして日々の糧を稼いでいた。哀れな男はしばしば知人や友人、こんな男にもそういった者があればの話だが、彼らのもとを訪ね、無数の口実をならべ立てては二、三ドゥロ[040]を用立ててくれるように頼んでいた。そして何より悲惨であったことは、懇願の手紙を持たせて、知人の家に子供のうちの誰かを、時にはその女房を使いにやることであった。ホアキンは何度か彼を助けてやったことがあり、とりわけ医者としてその家のものに呼ばれた時には足を運んでやった。その哀れな男を助けてやる時には言い知れぬ喜びをおぼえるのだった。彼はその男のうちに人間悪の犠牲者を見出すのだった。

ある時、彼はその男についてアベルに尋ねた。

「ああ、知っているよ」と彼は答えた。「仕事をさせていたことだってあるよ。でもあれは怠け者の阿呆さ。その台所に火が点されない時でさえ、苦しさを紛らわすためと言い訳して、カフェに行かないことはないんだ。煙草だって切らしたことがない。苦悩を煙に変えずにはいられないんだね」

「それで何かを言ったことにはならないよ、アベル。物事は内側から見るのでなければ……」

「おい、おかしな真似はよせよ。僕が許せないのは、前借りをしながら『できるだけ早くお返しいたします……』っていう例の嘘っぱちさ。金を恵んでくれって言やあ、話は早いのさ！　その方が簡単だし、より誠実だよ。最後に三ドゥロの前借りを頼んできた時には三ペセタだけくれてやって言ったのさ、『返さなくていいぞ！』ってね。あいつは怠け者なんだよ！」

「でも彼に何の責任があるっていうんだ……！」

「ほらね、また出たよ、何の責任があるっていうんだ、が……」

「でも、そうだろう！　責任は誰にあるんだ？」

「いいかい、物事をはっきりさせようじゃないか。君があいつを助けたいなら助ければいい、僕は反対しないよ。僕だってまたあいつが頼みに来たら、金をくれてやるだろう」

「そうだと思っていたよ、君は心の底では……」

「心の底は関係ないのさ。僕は画家で、人間の心の底を描くわけじゃない。それどころか、僕は人間の内面はすべて外面に出ていると信じているんでね」

「そうか、わかった、君にとって人間はモデルに過ぎないんだ……」

「それじゃいけないかい？　君にとっては患者さ。だって君は彼らを見て、その内側を聴診して回ってるんだから……」

「つまらない仕事さ……」

「どうして？」

「だってある人間がほかの人の内側を見ることに慣れ親しんでいたら、ついには自分自身の内側を見る、聴診するようになるじゃないか」

「それこそが利点じゃないか。僕が鏡に映った自分を見つめたってそれだけさ……」

「君は本当に自分自身を見つめたことがあるかい？」

「もちろんさ！　僕が自画像を描いたことがあるのを知らないのか？」

「そいつは大した作品だろうなあ……」

「そりゃ、すっかり悪いってことはない……。それで君は、自分のことを上手く探ることができたのかい？」

この会話の翌日、ホアキンはフェデリコとともにカシノを出ると、そのようにみっともないやり方で金をせびって生きているあの哀れな男を知っているかどうか尋ねた。

「どうか本当のことをおっしゃってください、僕たちはふたりだけなんですから。辛辣さはなしでね」

「そりゃおまえさん、あの哀れな悪魔の野郎は牢獄（ろうごく）にいるべきだったよ、そこでなら少なくとも今食べているよりもましなものを口にし、もっと平穏に暮らせただろうからな」

「しかし、彼が何をしたというのでしょう？」

「何も、何もしてはいないさ。するべきだったんだ、だから牢獄にいるべきだった、と言ったろう」

「しかし彼は何をするべきだったというのです？」

「兄弟殺しさ」

「またいつもの調子ですか」

「おまえさんに説明してやろう。あの哀れな男はな、おまえさんも知っているとおりアラゴンの出で、そこではいまだに遺言をしたためるにあたって完全な自由が存続しておるんだ。奴の不幸はその父親の最初の息子として、嫡子として生まれたことだが、その後、見たところ美人で正直そうな貧しい娘に恋をするという不幸を持つにいたった。父親は全力でその関係に反対をし、彼女と結婚するというなら遺産を与えないといって脅迫した。恋の盲目であった奴は、そうすることで父親を説得できるものと、まず娘の純潔を奪い、結婚して家を出ることとなった。そして娘の両親の家でできるかぎりの仕事をしながら、父親を説得し懐柔できるものと期待して村に住み続けた。ところが、父親の方は絵に描いたようなアラゴン人で[041]、頑として譲ろうとはしない。そしてかわいそうなあの悪魔から相続権を取り上げたまま、二男にその財産を、とりたてて言うほどのこともない財産だが、それを残して死んでしまった。そして今日ここで金をせびっているあいつはその舅夫妻が亡くなると、弟のところに許しと仕事を求めて足を向けたが、弟は断ったのさ。怒りにまかせて弟を殺さないようにと奴はここにやってきて、金を恵んでもらったり、せびったりしながら生きているのさ。これが一部始終、おまえさんにもわかるとおり、とっても為になる話だよ」

「まったくそのとおりですね」

「もしも弟を、ヤコブみたいな弟[042]を殺していたならひどいことに、じつにひどいことになっただろうが、奴は殺さなかったせいでやっぱりひどいことに、じつにひどいことになったのさ……。こっちの方が悪かったんじゃないかね[043]」

「そんなことを言わないでください、フェデリコ」

「そのとおりだろう、なぜというにみじめに恥辱を受けながら、金をせびって生きているばかりじゃないぞ、その弟を憎みながら生きているんだからな」

「ですが、もしも弟を殺していたならばどうなりました？」

「そうすれば憎しみは癒え、今日となってはその罪を悔いてその思い出を懐かしんでいただろうよ。行動は悪しき感情から解放してくれる、そして魂を蝕むのはその悪しき感情なのだよ。信じるんだ、ホアキン、わしはそのことをよく知っているんだから」

ホアキンは彼の目をじっと見返して、出し抜けに言った。

「それで、あなたは？」

「わしか？　自分に関係のないことには、息子よ（イホ・ミオ）、くちばしを突っ込むんじゃないぞ。わしの皮肉はことごとく身を守るものだということを知るだけで満足するんだな。わしはおまえさんたちみなが父親だと思っている男の子供ではないんだ。わしは不義の子さ、けれど自分の父親、もうひとりの父の処刑人となった本物の方だが、そいつ以外の誰をもこの世界で憎んではいないよ。もうひとりの父の方はその卑劣な腰抜けぶりから自分の名前を、わしに付いて回るこの忌々しい名前をつけてよこしたのさ」

「しかし産みの親より育ての親で……」

「だがわしを育てたとおまえさんたちが思っている男は、わしを育てはせんかったよ、その代わりにもうひとりの父、わしをこしらえ、母と結婚するように彼を仕向けた男に抱いている憎悪の毒薬でもってわしを憎んだのさ」

第二十四章

アベルの子アベリンは課程を修了した。父親は友人のところへ赴き、その傍らで研鑽を積ませるべく彼を助手にしてくれないかと尋ねた。ホアキンは彼を受け入れた。

〈私は彼を〉ずっと後に、彼は娘に宛てた『告白』の中で書いている。〈好奇心と、その父親への嫌悪、その頃は凡人と思われた青年への愛情の奇妙な混淆と、そうすることによって私の悪しき激情から解放されたいという欲望とから受け入れたのだが、同時に魂の最も奥深いところでは私の悪魔が、父親の称賛の仇を息子の失敗で討ってやれと囁いていた。その息子に対する愛情によって、父親に対する憎悪より自由になりたいと思う一方で、アベル・サンチェスが絵画において勝利をおさめたのであれば、その血を引くもうひとりのアベル・サンチェスが医学でしくじるのを待ちわびて大いに楽しんでいたのだ。どれほど深い愛情を彼の息子に対して抱くことになるものか、その時には想像もできなかった。私を苦しめ、日々の心に影を落とすことになる愛情を〉

そうして、ホアキンとアベルの息子は互いに引かれるものを感じた。アベリンは理解が早く、ホアキンの教えに興味を示し、彼を師匠（マエストロ）と呼ぶようになった。師匠の方では、彼を優れた医者にしようと、そしてその臨床経験から得た宝を彼に託そうと心に決めた。『私が導いて』彼は内心思った『彼に発見をさせてやるのだ、この忌々しい精神の不安が私に発見することを妨げたことどもを』

「師匠」ある日アベリンが彼に尋ねた。「なぜあなたはこうしたばらばらの観察を、僕に見せてくださった記録やメモを、すべて集めて本にしないのです？　大変面白いものに、そして教育的意義の大きなものになるでしょうに。並外れた科学的洞察を秘めたすばらしいものさえあるのに」

「それはね、息子よ（イホ）（そう呼ぶのがつねであった）」彼は答えた。「できないんだ、私にはできないんだよ……。それをするための気質を持ってはいないし、そうしたいという気持ちもやる気も、落ち着きだのなんだのも欠いているんだよ……」

「手を着けるだけのことじゃないですか……」

「そうだ、息子よ（イホ）、手を着けるだけ、けれども幾度となくそれを考えたものの心を決めることはできなかったんだ。スペインで……、医学について、……私が本を書くなんて！　無意味さ。見向きもされないよ……」

「いいえ、師匠、言わせてもらいますがあなたの本に限ってそんなことはありませんよ」

「私がやらねばならなかったことが、おまえのやるべきことさ。この堪えがたい患者たちをほうり出して純粋な研究に取り組むことさ、治療費を支払う病人ではなく生理学や組織学、病理学といった真の科学にね。お父さんの絵がなにがしかの財産としておまえにはあるのだから、そうするべきだよ」

「おっしゃるとおりかもしれません、師匠。けれども、だからといってあなたが臨床の記録を刊行しないということにはなりませんよ」

「ねえ、もしおまえが望むなら、一緒にひとつのことをしようじゃないか。私は自分の記録をすべておまえに与えよう。より詳細に説明をして聞かせるし、質問にはすべて答えよう。そしておまえが本を出版するんだ。どうだい？」

「すばらしいですよ、師匠。僕は助手を務めるようになって以来、あなたのおっしゃったこと、あなたのそばで学んだことはすべて書きとめているんです」

「じつにいいね、息子（イホ）よ、すばらしいよ」感動した彼はアベルを抱きしめた。

　それからホアキンは内心で思った『この子なのだ、この子こそが私の作品となるのだ！　私のものだ、その父親のものではなく。いずれ私を尊敬し、その父親よりもずっと私の方が価値があるということを、そして私の医学実践の中にはその父親の絵画よりもずっと多くの芸術のあることを理解するだろう。しまいには彼を奪ってやろう、そうだ、奪ってやるんだ！　奴は私からエレナを奪った、私は彼らから息子を奪うんだ。

この子は私のものになるんだ、そうならないとは誰に言えるだろう……？　その父親がどんな人間であるか、奴が私にしたことを知ったなら、もしかすると縁を切るかもしれないじゃないか』

第二十五章

「だが教えてくれないか」ある日ホアキンはその弟子に尋ねた。「なぜ医者になんかなろうと思ったんだい？」

「わかりません……」

「だって、絵画に興味を示した方が自然ではなかったかね？　子供は両親の職業に引き寄せられるものだから。それは模倣の精神……、雰囲気といった……」

「僕は絵画に興味を持ったことが一度もないんですよ、師匠」

「知っているよ、息子（イホ）よ、おまえのお父さんが教えてくれた」

「とりわけ父の描く絵には」

「おやおや、だがそれはどうして？」

「僕は何も感じないし、父さんが何かを感じているのかさえ僕には……」

「そいつはさらに深刻だな。どうか、わかるように話しておくれ」

「僕たちはふたりきりだし、誰も聞いている人はいませんね。師匠、あなたはまるで僕の第二の父親のようです……、もうひとりの……。そう。その上あなたは父の最も古い友達ですよね、いつも言ってますよ、腐れ縁だの生涯の友だの、物心つく前からの、まるで兄弟のようだと……」

「そうだ、そのとおりだよ。アベルと私は兄弟のようなものさ……。続けておくれ」

「わかりました、僕は今日心の内をすっかり打ち明けましょう、師匠」

「打ち明けておくれ。おまえが言うことは誰ひとりけっして知ることなく、この心の内にしまっておこう！」

「わかりました、僕が思っているのは、父さんは絵画にも何にも心を動かされていないのではないか、ということなんです。彼は機械のように描きます、それは天稟だ、しかし感じるということについてはどうでしょう？」

「そのことは私もいつも思っていたよ」

「ですが師匠、聞くところによれば、いまだに人々の口の端にのぼる、かの有名な演説で父さんを大絶賛したのはあなたではないですか」

「それ以外に何を言えたかね？」

「僕もそう思います。けれど父さんは絵画も何も感じてはいないんです。師匠、まるでコルクでできているみたいです」

「それは言いすぎだ、息子よ」

「いいえ、コルクでできているんです。栄誉のためにしか生きてはいないんです。それを軽蔑しているのはすべて、そういう振りをしているんです。彼は喝采よりほかのものを求めてはいない。そしてエゴイスト、完全なエゴイストです。彼は誰も愛しちゃいない」

「まさか、誰もなんてことは……」

「誰も、誰もなんです、師匠！　どんな風に母さんと結婚したのかも知りません。それが愛ゆえだったのかさえ」

ホアキンは青ざめた。

「父さんが」息子は続けた。「何人かのモデルたちと関係を持っていることは知っています。でもそれは気まぐれや、虚栄心のようなものに過ぎない。彼は誰も愛してはいないんです」

「しかしおまえは彼に多くを負っていると思うがね……」

「僕のことなんて気にかけたこともないですよ。僕を養い、教育や勉強に金を使ってはくれました。金を出し惜しんだことなど一度もありません、けれど僕は父さんにとって存在しないもおなじなんです。僕が何か、歴史や芸術や、技法や絵画、彼の旅行やそのほかのことを尋ねると『お願いだから、そっとしておいてくれ』と言います。ある時など『自分で調べるんだ、父さんがそうしたようにね！　本ならそこにあるだろう』と言いました。あなたとはなんというちがいでしょう、師匠！」

「きっと知らないことだったんだよ、息子（イホ）よ。だって、そうじゃないかね、両親というものは時々自分たちが子供たちよりも無知であったり愚かであったりするのを正直に言うのがいやでひどい態度をとるものさ」

「そういうわけじゃないんです。さらにひどいんです」

「さらにひどい？　どういうことだい！」

「ええ、ずっとひどいです。何をしても叱られたことがないのです。僕は放蕩（ほうとう）者ではないし、そうだったこともありませんが、若い者なら誰しも失敗することやつまずくことがあります。それで、そういったことを尋ねることもなければ、知っていたとしても僕に何を言うこともありません」

「それはおまえの人格を尊重しているのさ、信頼しているんだよ……。信じること、それは息子を教育する最も寛容で気高い方法かもしれない……」

「いいえ、そういうことではないんです、師匠。単なる無関心なんです」

「それはちがうよ、言いすぎだ、そうではないよ……。おまえがそれを伝えたのでなければ、何を言えただろう？　父親は裁判官にはなれないのだから……」

「しかし仲間や助言者、友人、あるいはあなたのように師となることはできます」

「しかし親子の間柄においては、慎みが話題にすることを阻むものもあるだろう」

「最も古い大親友で、ほとんど兄弟ともいえるあなたが彼の擁護をするのは当然です、たとえ……」

「たとえ、何だい？」

「何もかもを口にしても？」

「ああ、すべてを言いたまえ！」

「わかりました、彼があなたのことをとても良く、良すぎるくらいに話しているのしか耳にしたことがありません、けれど……」

「けれど？」

「あまりに良く言いすぎるのです」

「言いすぎるとはどういうことだい？」

「師匠、じっさいにお会いするまでは、あなたをもっとちがう人だと思っていました」

「わかるように話しておくれ」

「父にとってあなたは、深く激しい感情に魂を苛まれた、ある種悲劇的な人物です。『ホアキンの魂を描くことができたらなあ！』といつも口にしています。あなたとのあいだに何か秘密があるかのような口ぶりで……」

「勝手な想像だよ……」

「いいえ、ちがいます」

「それで、おまえのお母さんは？」

「母は……」

第二十六章

「ねえ、ホアキン」ある日アントニアが夫に言った。「いつの日にか、娘があたしたちを置いていくような、あるいは娘が連れ去られるような気がするの」

「ホアキナが？　どこへ？」

「修道院へ！」

「ありえない！」

「いいえ、大いにありえるわ。あなたは自分のこと、そして今は養子にしたみたいにアベルの息子にかかりっきりですもの……。自分の娘よりもあなたは彼のことが好きなんだと誰もが言うわ……」

「私は彼を助けようと、その困難から救い出そうとしているんだよ……」

「いいえ、あなたがしようとしているのは復讐よ。なんて執念深いのかしら！　忘れもしなければ許そうともしない！　神様があなたに、あたしたちに罰をお与えになるわ……」

「ああ！　それでホアキナは修道院に行きたがっていると言うのかい？」

「そんなことは言ってないわ」

「私が言ったのだし、おなじことさ。まさか、アベリンに嫉妬して修道院に行くと言うのかい？　私が娘よりも彼のことを愛するようになるのを恐れていると？　もしそうなら……」

「そうじゃないのよ」

「すると？」

「わからないわよ！　あの子が言うには天命があるのだと、神があの子を呼んでいるのだと……」

「神か……、神……。あれの聴罪師のせいかもしれないな。いったい誰なんだ？」

「エチェバリア師よ」

「私が告解をした神父か？」

「その人だわ！」

ホアキンは沈痛な面持ちでうなだれた、そしてあくる日妻を呼び、ふたりきりになると言った。

「修道院へとホアキナの背中を押す理由が、もっと言うなら、それゆえにエチェバリア師が彼女をそこに入れようとする理由がわかった気がするよ。魂をすっかり占めるこの忌々しい強迫観念からの、年とともに言うなればより堅く深く根付いてきたこの恨みからの逃避と救いを私が教会に求めたのをおぼえているだろう。

そしてどれほどの努力の末にもそれを手にすることができなかったことを。そうだ、エチェバリア師は私に手立てを与えてはくれなかった、与えられなかったんだ。この病にはひとつの道、たったひとつの解決法しかないのだから」

　妻からの問いかけを待つようにしばし彼は沈黙したが、彼女が黙っていたので、言葉を続けた。

「この病には死よりほかに手立てがないんだ。誰にわかるだろう……。もしかすると私はそれとともに生まれ、それとともに死ぬのかもしれない。そこでだ、私を救うことも従わせることもできなかったあの神父くずれが今度は、間違いない、私の、そして君のものでもある私たちの娘の背中を修道院へと押しているのさ、そこで私のために祈り、私を救うために自分を犠牲にするようにとね」

「でもそれが犠牲でなかったら……、あの子はそれが自分の天命だと言っているわ……」

「嘘さ、アントニア、それは嘘だよ。修道女になるほとんどの娘は働かないためか、慎ましくも平穏な生活を送るためか、神秘の内に安息を食むか、それとも家から逃れるかなんだ。そして私たちの娘はこの家から、私たちから逃げるんだ」

「あなたからじゃない……」

「そうだ、私から逃げるんだ！　あれは私の秘密を嗅ぎあてたんだよ」

「それにあなたは今や彼にご執心だもの……」

「あの子は彼から逃げているると言いたいのかい？」

「そうじゃないわ、あなたの気まぐれからよ……」

「気まぐれだって？　気まぐれ、気まぐれといったかい？　私は気まぐれからは程遠い人間だよ、アントニア。私はすべてを深刻に受け取るんだ、なにもかもをさ、わかるかい？」

「そうね、深刻すぎるほどに」妻は涙を流しながら付け加えた。

「さあ、そんな風に泣くのはおよし、アントニア、私の聖女、私のよき天使よ、何かひどいことを言ったのなら許しておくれ……」

「言うことがひどいんじゃない、言ってくれないことがひどいのよ」

「だが、後生だからアントニア、お願いだから娘が私たちを捨てないようにしてくれ。もしあの子が修道院に行ってしまったら私は死ぬほど苦しい、そうだ、私は死ぬほどに苦しくてならないよ。留まってくれるなら、彼女の望むことは何だってしよう……。アベリンを遠ざけろと言うならそうしようとも……」

「あなた言ったわね、ひとりしか娘がいなくて嬉しいと、愛情を分け与えなくていいからと……」

「分け与えなどしていないじゃないか！」

「それなら、なおのことひどいわ……」

「そうだ、アントニア、あの子は私のために自分を犠牲にしようとしている、修道院に入ってしまったら私が絶望に陥るとも知らずに。この家こそがあの子の修道院なんだ！」

第二十七章

二日後、ホアキンは妻と娘とともに客間に閉じこもった。

「お父様、神様がそう望まれているのよ！」心を決めたように、その顔をまっすぐ彼に向けて、ホアキナは言った。

「それはちがう！　それを望んでいるのは神ではなく、あの神父くずれさ」彼は応じた。「神が何を望んでいるかなんて、娘っ子にすぎないおまえに、何がわかるんだい？　いつおまえは神と心を通わせたんだい？」

「毎週心をひとつにするわ、お父様」

「食事を断って腹が空いているせいで気を失いそうになるのを、神の啓示だと思い込んでいるのさ」

「心が飢えている人たちの方がより哀れというものだわ」

「いいや、そんなことはありえないよ、神がそんなことを望むはずは、望まれるはずはないんだ！」

「私には神の望みがわからないのに、お父様にはそれがわかるというの？　人間の体のことはよくご存じだわ、でも神様のこと、魂のことは……」

「魂のことかい？　なぜ私が魂のことを知らないと決めつけるんだい？」

「もしかしたら、知らない方がいいことをご存じなのかもしれないわ」

「私を責めているのかい？」

「ちがうわ、ご自身を責めているのはお父様、あなたです」

「ごらん、アントニア、見たかい、言ったとおりだろう？」

「お父様はなんておっしゃったの、お母様？」

「なんでもないわ、娘よ、お父さんの思い込み、勘繰りだわ……」

「なら結構」意を決したようにホアキンは大きな声で言った。「おまえは私を救うために修道院に入ろうというんだ、そうじゃないかい？」

「当たらずとも遠からずだわ」

「私を何から救うというんだい？」

「よく知らないわ」

「私が知っているというのかい……！　何から、誰からかを？」

「誰から、お父様、誰からだというの？　それは悪魔から、あるいはご自身からだわ」

「おまえに何がわかるというんだ？」

「お願い、ホアキン、やめてちょうだい」夫の目つきと声の調子を前に、恐怖でいっぱいになった母親が涙交じりの声で懇願した。

「ほうっておいてくれ、おまえ、私と娘だけにしてくれ。おまえには関係がないんだ！」

「関係がないですって？　あたしの娘なのよ……」

「私の娘だ！　ほうっておいてくれ、この子はモネグロの人間だし、私もモネグロの人間なんだ。ほうっておいてくれ。おまえにはわからないんだ、こうしたことがわかるはずなど……」

「お父様、もし私の前でお母様にそんな風に当たるなら、出ていくわ。泣かないで、お母様」

「だがお母さんにわかると思うのかい、娘よ……？」

「私にわかっていて、思うことは、自分がお父様の娘であるのとおなじくらいお母様の娘であるということよ」

「おなじくらい？」

「もっとかもしれないわ」

「お願いだからそんな言い方はよしてちょうだい」泣きながら母親が言った。「あたしが出ていけばいいだけよ」

「それがいいかもしれないわね」娘が付け加えて言った。「私たち、モネグロの人間がふたりきりで、顔を突き合わせて、いいえ魂を突き合わせて話をする方が」

母親は娘にキスをして出ていった。

「それでだ」娘とふたりきりになると、冷淡に父親が言った。「何から、誰から私を救うためにおまえは修道院へ行くんだい？」

「それが、お父様、誰からか、何からかはわからないのだけれど、でもあなたを救わなければならないの。この家の中で、お父様とお母様とのあいだに何があるのかはわからないし、お父様の中に何があるのかはわからないけれど、それは何か悪いものだわ……」

「それはあの神父くずれが言ったことなのかい？」

「いいえ、神父さまがおっしゃったのではないわ、おっしゃるはずがないもの。誰かに言われたのではないの、そうじゃなくて、生まれてからずっとその空気を感じてきたの。ここでは、この家の中では、精神の闇の中にあるかのようにみなが生きているのよ！」

「おいおい、それは何かの本で読んだことだろう……」

「お父様がご自身の本の中で読まれたようにね。それとも、体の中にあるものについて書かれている書物だけが、お父様がお持ちの恐ろしい図版のある本だけが真実を教えてくれるというの？」

「それじゃあ、おまえの言うその精神の闇というのはいったい何だい？」

「お父様が私よりよくご存じだわ。でもここで何かが起こっていること、ここにはまるで暗い霧のような悲しみがいたるところにあること、お父様がけっして満足なさっていないこと、とても大きな罪を負って坂道を登ってゆかれるかのように苦しんでおられることは否定なさらないで……」

「ああ、原罪というやつだ！」皮肉っぽくホアキンは言った。

「それだわ、それよ！」娘は大きな声で言った。「お父様はそれから癒されていないのだわ！」

「洗礼は受けたよ！」

「関係ないわ」

「で、その解決のためにおまえは修道女になるというんだ。そうじゃないかね？　そこでまずそれが何なのか、こうしたすべてはどこに原因を持つのかを調べ上げる……」

「お父様、神様は私にそんなことをお許しにはならないわ。誰かを裁くというような真似はけっして」

「だが私に審判を下すんだ、そうじゃないかい？」

「審判ですって？」

「そうとも、罪の宣告さ、おまえがそうやって出ていってしまうことが、私への有罪宣告なのだよ……」

「なら私が結婚して家を出ていく場合は？　男の方のためにお父様のもとを離れるとしたら？」

「相手によるさ」

　短い沈黙があった。

「そのとおりだ、娘よ」ホアキンは言葉を継いだ。「私は病気で、苦しんでいる、生涯のほとんどをね。おまえが想像したことは多くの真実を含んでいるよ。しかし、おまえが修道女になるという決心は、私に死ぬほどつらい思いをさせ、私の苦しみをずっと悪化させるばかりだ。お父さんを憐れんでおくれ、かわいそうなおまえのお父さんを……」

「憐れむからこそ……」

「いや、それは我が身かわいさだよ。おまえは逃げるんだ、私が苦しんでいるのを見ておまえは逃げるんだ。我が身かわいさに、冷淡さゆえにおまえは修道院へ行くんだ。考えてもごらん、私が厄介で長引く病を、癲を病んでいたとするなら、おまえは神様が私を助けてくれるようにと祈るがために修道院に逃げ込むだろうか？　さあ、答えておくれ、おまえはそうするかい？」

「いいえ、そんなことはしません、たったひとりの娘ですもの」

「なら私が癲の病に苦しんでいることに気づいておくれ。私を癒すために留まっておくれ。私はおまえの看護のもとに、おまえの言うとおりにするから」

　父親は立ち上がり、涙越しに娘を見つめると彼女を抱きしめ、その腕の中に包み込んだ娘の耳元で囁くように言った。

「おまえは私を癒してくれるね、娘よ?」

「もちろんよ、お父様」

「ならば、アベリンと結婚しなさい」

「えっ?」ホアキナは父親から身を引きはがしてそう叫び、その顔をまじまじと見つめた。

「どうしたんだい?　何を驚くことがあるんだ?」父親もびっくりしながらたどたどしく言った。

「私が?　結婚を?　アベリンと?　お父様の仇の息子と?」

「誰がそんなことを言ったんだい?」

「お父様の長年の沈黙だわ」

「ならば、それゆえに、おまえが私の仇と呼ぶものの息子であるがゆえにだ」

「お父様たちのあいだに何があるのか私は知らないし、知りたくもありません。けれど、その方の息子さんにここ最近のお父さんがそんなにも執着なさるのが私は恐ろしかったの……、怖かった……、何を怖れているのかもわからないままに。アベリンに対するお父様の愛情は怪物じみていたわ、まるで地獄の……」

「それはちがうんだ、娘よ!　私は彼の内に救済を求めていた。どうか信じておくれ、もしもおまえが彼を我が家にもたらすのであれば、そして子どもを産んでくれるのなら、それは私の魂にとっての太陽となるだろうことを……」

「けれどお父様は、彼にそう言え、彼を求めろと私におっしゃるの？」

「そうは言ってないさ」

「それなら？」

「もし彼が……」

「あら、ではお父様たちが私を抜きにふたりのあいだで取り決めをしていたというの？」

「いいや、そうじゃない。そんなことは考えたこともなかったんだ、私は、おまえのお父さんは、おまえのかわいそうな父親である私は……」

「悲しいわ、お父様」

「私だって悲しいよ。すべては私のせいなのだから。おまえは私のために自分を犠牲にしようとしていたのではなかったかい？」

「そうね、そうだわ、私はお父様のために自分を捧げます。お父様の言葉にしたがいます！」

父親は彼女にキスをしようとしたが、娘は身をかわして言った。

「今はおよしになって！　そうするのが相応しい時のために。それとも、口づけで私を黙らせるおつもり？[044]」

「どこでそんなことを学んだんだい、娘よ？」

「壁に耳ありだわ、お父様」

「そして非難までする！」

第二十八章

「あなた様になれるものなら、ドン・ホアキン」相続権を奪われたあの哀れなアラゴン人、五人の子供の父であるその男がある日、幾許かの金をせしめるや否や、言った。

「私になるためなら、だって！　理解できないね！」

「そりゃそうです、もしあなた様になれるんだったら、あっしは何でも差し出しますよ、ドン・ホアキン」

「おまえが言うその何でも、というのは何なんだい？」

「あっしが差し出せるもの、あっしが持っているものですよ」

「だからそれは何だというんだい？」

「命ですよ！」

「私になるために命を！」内心でホアキンはこう付け加えた。『ほかの誰かになれるんだったら私こそが命を差し出すところさ！』

「そうです、あなた様になれるなら、命を差し出しますよ！」

「ここに私のよくわからないことがひとつあるんだ、おまえさん。私が理解できないのは、ほかの誰かになるために命を差し出すような人間は誰もいないこと、そしてまたわからないのは誰もほかの誰かにはなりたがらないということだ。ほかの誰かになるということは、自分であること、自分自身であることをやめるということだ」

「そのとおりです」

「それは存在することをやめるということだ」

「そのとおりです」

「だがほかの誰かになるためではなく……」

「おっしゃるとおりです。あっしが言いたいのは、ドン・ホアキン、喜んで存在することをやめる、もっとはっきり言いましょう、自分の頭を銃で撃ち抜いたり、川に身を投げるだろうってことですよ、もしもうちのものたちが、あっしをこのくそったれな人生に繋ぎとめるものたちが、あっしが自殺するのを許さないものたちが、あなた様のなかに父親を見出すのであればね。これなら、おわかりいただけましたか？」

「ああ、わかったよ。つまり……」

「あっしの人生に対する執着の忌々しいこと、自分の家族がいなければ喜んで自分自身を離れて、記憶を抹殺するでしょう。そうはいってもまたべつのものがあっしを引きとめるんですが」

「それは何だい？」

「死んだあとまでもあっしの記憶が、歴史がついて来るんじゃないかという恐怖です。あなた様になれるものなら、ドン・ホアキン！」

「だが、もしもおまえさんとおなじような理由が私をこの世に繋ぎとめているのだとしたらどうだね？」

「ご冗談を、あなた様は裕福でいらっしゃる」

「裕福……、裕福か……」

「金持ちに不平を洩らす理由などありませんよ。あなた様に欠けているものなど何ひとつないじゃないですか。奥様、お嬢さん、患者たち、名声……、これ以上何を望まれるんです？　お父上が相続権を取り上げたでもなし、助けを乞うた兄弟に家を追い出されたわけでもなし……。あなた様が乞食をせにゃならんでもないんですから！　あなた様になれるものなら、ドン・ホアキン！」

　それからひとりきりになると、彼は自分自身に言った。「私になれるものなら！　あの男は私に嫉妬している、この私に！　だが私は、いったい誰になりたいというのだろう？」

第二十九章

数日後アベリンとホアキナは婚約した。しばらく経って、娘に宛てた『告白』の中でホアキンは書いている。

〈娘よ、どのようにしてアベルが、今やおまえの夫である彼がおまえに求婚するように差し向けたのかを説明することはできない。おまえがいかに私のために修道院に入りたいと思っているかをお母さんが教えてくれてから、私たちがふたりきりで交わしたあの会話の片鱗(へんりん)も垣間見せることなしに、おまえが彼に恋をしているということを、あるいはすくなくとも彼に思われて快く思わぬではない、ということを彼に理解させなければならなかった。私はそこに救済を見たのだ。私の人生の泉に毒を投げ込んだ男、そのひとり息子の運命とおまえの運命を結ぶことによってのみ、そのようにして私たちの血統を結びつけることにより、救済されることを望んだのだ。

私たちの血を受け継いでいるがゆえに、もしかすると、いつの日にか、おまえたちの子供が、私の孫たちが、そしてその子供たち、その孫たちが、内なる争いを、自分自身に対する憎しみをおぼえるのではないかと考えた。だが、自分自身、自分の血統に対する憎悪こそが他人に向けられる憎悪にとっての唯一の解決なのではないだろうか？　聖書にはレベカの胎内にあってエサウとヤコブがぶつかり合ったとある[045]。おまえがいつの日か双子を授からないともかぎらないし、私の血を継いだひとりと、彼の血を継いだもうひとりがおまえの子宮の内で、空気に触れ、物心つく以前より争い、憎しみ合わないともかぎらない！　なぜならこれは人類の悲劇であり、すべての人間はヨブのごとく、矛盾の産物なのだから[046]。

もしかすると、おまえたちを結び合わせるべく一緒にしたのではなく、おまえたちの血統をより引き離し、憎悪を永遠のものとすべくそうしたのではなかったかと考えて、私は戦慄した。許してくれ！　どうかしている。

しかしそれは私たちだけ、彼と私だけの血ではないのだ。それは彼女の、エレナの血でもある。エレナの血！　それこそさらに私を混乱させる。彼女の頬に、額に、唇に、そして何よりその眼差(まなざ)しに現れるその血こそが、その肉より出でて私を盲目にしたのだ。

そしてもうひとつ、アントニアの血、かわいそうなアントニアの、聖女のごときおまえのお母さんの血だ。それは洗礼の聖水だ。それこそ贖罪の血。お母さんの血だけが、ホアキナよ、おまえの子供たち、そして孫たちを救済できる。それこそが罪を贖(あがな)うことのできる、穢(けが)れのない血なのだ。

彼女が、アントニアがけっしてこの『告白』を目にすることがありませんように、その目に触れることがありませんように。私より長く生きるのであれば、我らが邪悪の秘密を垣間見た以上には知ることなしにこの世を去りますように〉

婚約したふたりは早々にお互いを理解し、愛情を深めていった。親密な会話を通してふたりは、お互いがそれぞれの家庭の犠牲者であることを知った。一方は軽薄な無感動、そしてもう一方は凍りついた秘密の激情という、ふたつの悲惨な領野の犠牲者であることを。ふたりは彼女の母親であるアントニアに支えを求めた。家庭、本当の家庭を、穏やかで、ほかの人間の愛を窺うことのない愛情の住まう巣を、そこでふたつの不幸な家庭を結び合わせる、情愛溢れる静謐（せいひつ）の城を彼らは築かねばならないのだった。画家のアベルに対しては、情愛溢れる家庭生活は不朽の価値であり、芸術はその影ではなく、輝きであることを理解させるだろう。エレナに対しては、血筋の激しい流れに身を沈めることを知る精神、家庭の内奥にこそ永遠の若さが宿るということを。ホアキンに対しては、われわれの名前というものはわれわれの血とともに失われるが、それは他者の名前と血と交わって復活を遂げるためだということを。アントニアには何かを理解させる必要はなかった。なぜなら彼女は穏和な習性をもって暮らし、また生活を送るべく生まれた女性であったから。

ホアキンは自分が生まれ変わるのを感じていた。大親友アベルの友情について熱心に語り、エレナに対する期待をすっかり奪ってくれたのは僥倖（ぎょうこう）であったと打ち明けるまでになった。

「つまり」ふたりきりになったある時、彼は娘に言った。「今やすべての物事の流れが変わったのさ。私はエレナを愛していた、あるいは少なくとも愛していると思い込んでいた、そして彼女の愛を求めたがまったく駄目だった。というのは、それこそ、じっさいのところ彼女は私にほんのわずかも期待を持たせなかったのだから。そこで私がアベルを、いずれおまえの舅になる男……、おまえのもうひとりの父親を彼女に紹介したんだが、会うなりふたりは意気投合した。軽蔑された、侮辱されたと私は思ったものだが……。いったい彼女に対するなんの権利が私にあったというのだろうね？」

「それはそのとおりだわ、でも男の方というのはそういうものでしょ」

「まったくだ、娘よ、おまえの言うとおりだよ。私は気違いのように、侮辱だ、裏切りだと思っていたものを反芻して生きてきたんだ……」

「それだけ、お父様？」

「それだけ、とはどういうことだい？」

「それ以上のことは何もなかったの？」

「私の知るかぎりでは……なかったよ！」

そう言うと哀れな男は内面に向かって目を閉じたが、動悸を抑えることはできなかった。

「今やおまえたちが結婚をするんだ」彼は続けた。「そして私と一緒に暮らしてくれる、そうだ、私と一緒に暮らすんだ。おまえの夫を、私の新しい息子を立派な医者にしてやるぞ、医学における芸術家、その父親の栄光にさえ比肩しうるすばらしい芸術家にね」

「そして彼が、お父様、お父様の本を書き上げるのね。あの人がそう言っていたわ」

「そうだ、私が書くことのできなかった作品を……」

「経験と臨床にあって、お父様はすばらしいものをお持ちだと、そして発見をなさったと言っていたわ……」

「よいしょしているのさ……」

「ちがうわ、そう言っていたの。それに、お父様が知られていないって。知られていないからこそお父様の本当の価値が認められていないって。だからお父様のことを知らしめるためにその本を書きたいんですって」

「遅きに失したがね……」

「嬉しいことが遅すぎるなんてことはけっしてないわ」

「ああ、娘よ、患者のことに、自由に息をさせてくれもしなければ研究もままならないこの職業の忌々しい実践にかまける代わりに……、そんなことの代わりに純粋な科学と研究に没頭できていたなら！　アルバレス・イ・ガルシア博士[047]が発見したといって大いに称賛されているあれは私が、おまえの父親である私が見つけていたであろうものなんだ、私はそのすぐそばまで辿りついていたのだから。だが生活のために仕事をしなければならなかった……」

「でも、私たちはそんなに困窮していたわけではないわ」

「それはそうだ、しかし……。それに、何だろうね。とにかくそれがこれまでのこと、そしてこれから新しい人生が始まる。私は患者を診るのをやめようと思う」

「本当に？」

「ああ、それはおまえの夫となる人に任せよう、もちろん大いに監督はするつもりだがね。彼を導いてやろう、そして自分のことをするとしよう！　みんなで一緒に暮らそう、新しい生活になるだろうさ……、新しい暮らしに……。私は人生をやり直すんだ、ちがう自分に……もっとちがう自分に……」

「ああ、お父様、なんて素敵なの！　そんな風におっしゃるのを耳にしてとても嬉しいわ！　とうとうこんな日がやってきたのね！」

「私がべつの自分になりたいというのを聞いてそんなに嬉しいのかい？」父親が問い返した。

「ええ、お父様、嬉しいわ！」

「それはつまり、もうひとりの私、つまり今ある私は、おまえには悪いものと見えたということかい？」

「お父様にとってはどうなの？」娘は決然と彼に問い返した。

「この口を塞いでくれ」彼は呻くように言った。

　そして娘は口づけで彼の口を塞いだ。

第三十章

「僕が来た理由はわかっているだろうね」ホアキンの執務室でふたりきりになるなりアベルが言った。

「ああ、わかっているよ。君の息子が来訪のあることを教えてくれていたからね」

「僕の息子、そしてまもなく君の、僕たちふたりの息子だ。僕がどれほど嬉しいか君にはわかるまい！　これが僕たちの友情の辿りつくべきところだったんだ。僕の息子はもうほとんど君の息子だよ、師としてばかりでなく、もう父親として君のことを愛しているからね。僕よりも君の方を愛しているといったって過言では……」

「まさか……、よせよ……、よしてくれ……、そんな言い方をするのは」

「どうしてさ？　僕が嫉妬するとでも思うのかい？　ちがうよ、僕は嫉妬したりはしない。ねえ、ホアキン、もし僕たちのあいだに何かあったとすれば……」

「そこまでだ、アベル、頼むから、それ以上は……」

「言う必要があるのさ。僕たちの血統が結ばれようとしている今、僕の息子が君の娘が僕のものになろうとしている今だからこそ、僕たちはこの古い話をしなくてはならないし、この上なく誠実にならなければならないんだ」

「いやだ、絶対に、もしその話をするなら僕は出ていくよ！」

「好きにするさ！　でも僕の絵について君が繰り広げたあの演説を僕は忘れないし、忘れることはないと知っていてくれ」

「その話もよしてくれ」

「じゃあ何の話をすればいいんだ？」

「昔のことはすべてよしてくれ！　僕たちはただ未来のことだけを話そう」

「だが、君と僕が、この年齢になって昔の話をしなかったら、何の話ができるっていうんだ？　僕たちにはもう過去しかないじゃないか！」

「それは言わないでくれ！」ホアキンはほとんど叫ぶように言った。

「僕たちは思い出にすがるよりほかに、もはや生きられないのさ！」

「黙るんだ、アベル、黙ってくれ！」

「本当のことを言うとね、希望にすがって生きるよりも、思い出にすがって生きることの方が価値があるよ。

結局のところ、それはかつてあったことだし、希望についてはどうなるとも知れないからね」

「いやだ、思い出はたくさんだよ！」

「それなら、僕たちの子供の話をしようじゃないか、僕たちの希望なのだから」

「それならいい！　彼らの話をしよう、僕たちの話ではなく。彼らの、僕たちの子供の話を……」

「あいつは君のうちに師と父親の姿を見ている……」

「そうだね、僕は彼に患者を任せようと思っている、つまり、彼が手がけたいと思うものをね、そのための準備はもうしてあるんだ。深刻なケースにあっては手を貸すつもりだ」

「ありがとう、本当に」

「それはホアキナに持たせる持参金とはべつにね。でも彼らは僕と一緒に暮らすんだ」

「あいつから聞いてるよ。しかしね、僕は彼らが家を持つべきだと思うんだ、結婚したら家を持ちたいものだろう」

「いや、僕は娘と離れて暮らすことはできないよ」

「僕たちは息子から離れて暮らせるとでも？」

「彼はもう君たちから離れているじゃないか……。男はほとんど家の中で過ごさないが、女はほとんど家を出ることがないんだから。僕には娘が必要なんだ」

「そうかね。僕がおとなしく言うことを聞くかな」

「それにこの家は君たちの、君とエレナの家になるんだから……」

「寛大なもてなしに感謝しよう。それなら結構だ」

子供たちの新生活にかかわるすべてについて同意を交わした長い面会のあとで、立ち去り際にアベルは率直なまなざしでホアキンの目を見つめ、手を差し出すとその共通の幼年期の根底から絞り出すような声で言った。「ホアキン！」その手を握り返すもうひとりの目には涙が浮かんでいた。

「子供の時を最後に君が泣くのを見たことはないな、ホアキン」

「二度と子供に戻ることはないよ、アベル」

「そうだね、あれはひどいもんだ」

そしてふたりは別れた。

第三十一章

娘の結婚とともに、ホアキンのかつては冷たかった家庭に太陽が、秋の日差しが入り込むように思われ、彼は本当の生活を始めた。娘婿(むこ)に患者を託しつつ、深刻なケースでは足を運び、診察はその指導のもとに彼がそれを行っているのだと繰り返した。

アベリンは父と呼び、もはや親しく呼び交わすようになったその舅の所見と、口頭での詳細な補足説明によって、ホアキン・モネグロ博士の医学の集大成となる書物を、ホアキン自身が加えることのできなかったであろう讃嘆と敬意の調子を添えながらまとめていった。『そうだ、この方がよかったのだ』と彼は思った。『他人があの本を書く方がずっとよかったのだ、ソクラテスの教義をプラトンが書き遺したように』と。彼自身ではなかったのだ、精神の完全なる自由さをもって、自惚(うぬぼ)れどころか、手にすることができるとは思いもしなかった称賛を後の世代に無理強いする骨折りだと見られることなしにそれを書き遺せるのは。その知識と経験を称揚することができるのは。彼はその文筆活動をべつの目的のために取っておいた。

彼が『告白』を、そのように名付け、死後に紐（ひも）解かれるようにと娘に捧げるその作品を書き始めたのは、まさしくその頃であった。それは彼の人生でもあった激情との、物心ついたころから格闘を始めそれを書くまでは彼の心を支配していたあの悪魔との、内なる戦いの報告であった。この告白は娘に宛てたものという体裁をとってはいたが、激情の生涯と、生涯の激情との深遠なる悲劇的な価値という考えに彼はかぶれていて、いつの日にか娘や孫たちがそれを世に知らしめるという期待を温めていた。彼とともに暮らした人々が窺い知ることのできなかった陰鬱な苦悶を生き抜いたその英雄を前にして、世の人々が称賛と戦慄をおぼえるという期待を。というのもホアキンは、自分が特別な精神の持ち主であると、かくも苛まれ、ほかの人々より多くの苦しみに耐え得たのであってみれば、生まれるに際して、救済を約束された偉大な人々のしるしを神より与えられた魂の持ち主であると考えていたからである。

〈娘よ、私の人生は〉彼は『告白』に書いている。〈絶えることなき灼熱（しゃくねつ）であったが、それをほかの誰かの人生と取り換えることはしなかったであろう。私ほどに憎んだ人間は、憎むとはどういうことかを知るものは誰ひとりとしてあるまい。しかしそれは世の人々や運命の好意のこの上なく公平ならざることを私が誰よりも強く感じたためなのだ。そう、おまえの夫の両親が私にしたことは人間のすることでも、名誉あることでもなかったのだ。不名誉なことであったのだ。しかしありとあらゆる人間が、まだ子供に過ぎず、信頼に満ちて同胞の支えと愛情を求めた私が出会ったすべての人間が私にしてきたことは、もっと、ずっとひどいものであった。彼らはなぜ私を拒んだのだろう？　なぜそうすることが当たり前であるかのように冷淡に私をあしらったのだろう？　なぜ軽薄で、気まぐれで、自己中心的な人間をより好んだのだろうか？　誰もが、誰も彼もが私の人生を苦いものとした。そして世界はあるがままに不公平なものであり、私は自らの同胞のあいだに生まれたのではないと理解した。自分とおなじ人々のあいだに生まれなかったこと、それが私の不幸だった。私を取り巻くものたちの下劣なさもしさが、卑しい低俗さが、私を破滅させたのである〉

この『告白』を書く一方で、それが失敗した時のために、その同胞、その種族の不滅の天才たちの霊廟に名を残すべく彼はべつの作品を用意した。『老医師の回想』と題されるもので、世の中についての知識、激情や人生、悲しみと喜び、果ては隠された犯罪にいたるまで、医師の仕事の実践を通して刈り取った収穫であった。人生の鏡、しかしその深奥の、最も暗い部分の鏡であった。人間の卑劣さの深淵への降下、高尚な文学であるとともに悲惨な哲学の書であった。そこで彼は自分自身のことを話すことなく、彼の精神のすべてを書いたことだろう。他者の精神を裸にするために、自身のそれを裸にしたことだろう。彼が生きざるを得なかった下劣な世界に復讐を遂げたことだろう。そうして裸になってみれば、人々は自分たちを裸にした人物にまず驚嘆し、後には感謝することになるだろう。虚構のヴェールをまとって名前を変えつつ、彼はそこにアベルとエレナの永遠に残るべき肖像画を描いただろう。そしてその肖像画はアベルの描いたすべての作品よりも価値があるものとなるだろう。アベル・サンチェスの文学的な肖像をみごとに書きおおせたならば、彼の描いたすべての作品よりもなおその姿を永遠のものとすることとなり、後代の批評家や知識人がフィクションの薄いヴェールの下に歴史上存在した人物の姿を発見することになるだろうと考えて、彼はひとりほくそ笑んだ。『そうさ、アベル、そのとおりだよ』ホアキンは思うのだった。『おまえが奮闘して勝ち取らんとしたもの、ただそれだけのためにおまえが戦い、気にとめていたもの、それゆえに私をいつだって見下し、それどころか蔑ろ（ないがし）にしてきた偉大なる問題、つまり後世の人の記憶に永遠に留められるということは、おまえの絵によるのではない。ちがう、そうではなくて、おまえがどんな人間であったかをみごとに書き残す私の筆次第なのだ！　私はみごとに書くだろう、おまえという人間を知っているのだから、おまえという人間に苦しめられ、この人生において、おまえはずっと私にのしかかっていたのだから。一巻の書物にしてやろう、だがおまえの名前はアベル・サンチェスではない、私の与える名前だ。その絵画の作者としておまえの話をする時、人々は言うだろう。「ああ、彼か、ホアキン・モネグロの書いた人物だね！」と。なぜならそうすることによっておまえは私のものになるのだし、私の作品が生き残ればおまえも生き残るのだ。そしておまえの名前は地面を這（は）い、不名誉の中に生き、地獄に置かれたものたちがダンテによって生きるように[048]、私によって生きることになるのだ。そうしておまえは妬み深きものの符丁となるのだ』

　妬み深きもの！　そう、ホアキンは表面的なエゴイストの無関心の下で、まさしくアベルを力づけていた激情は妬みであったと、ホアキンに対する嫉妬であったと、それゆえに少年時代にホアキンから仲間たちの友情を奪い、嫉妬ゆえに彼からエレナを奪い取ったのだと思い込もうとしていたのだ。しかし、それならばなぜ、息子を奪われるがままにしたのだろう？

『そうだ』ホアキンは内心思うのだった。『彼は自分の名を、名声を気にするばかりで、その息子のことなど気にはしていない。肉体をそなえた子孫のことなどどうでもいい、その作品を崇めてくれる人たちが生きているならば、自分の名誉が大事だからこそ息子を私にゆだねるのだ！　しかし私は彼を真っ裸にしてやるんだ！』

その回想録に取りかかったのがすでに五十五歳を数えてのことであったことは、彼を不安にした。セルバンテスが『ドン・キホーテ』に着手したのは五十七歳のことではなかったか？[049]　そして彼は自分の年齢を超えて傑作を生み出した作家たちを探すことに血道を上げた。同時に彼は自信を、経験を積み、良識に富み、その激しい感情を知悉し、永の年月を経て落ち着きのある、しかし燃えるような精神を自分の中に感じていた。

作品を完成しようという今になって、彼は自らを律するようになった。かわいそうなアベル！　おまえを待ち受けているものは……！　そして彼に対して蔑みと憐れみとをおぼえ始めた。モデルを見るように、そして生贄を目にするように、彼のことを注意深く観察した。しかしアベルが息子の家に足を運ぶことはごくわずかであったので、それほど頻繁でもなかった。

「おまえの父親はずいぶん忙しいにちがいないな」ホアキンは娘婿に向かって言った。「ここにもまるで顔を出さないいじゃないか。何か不満でもあるのかな？　私や、アントニア、それともうちの娘が何か彼の気分を害したのかな？　そうだとすれば申し訳ないことだが……」

「いいえ、お父さん、ちがいますよ」アベリンは彼をそのように呼び始めていた。「そういうわけではないんです。自分の家にだってほとんど留まらないのですから。あの人は自分のことにしか興味がないと言いませんでしたか？　自分のことというのはその芸術だとか、何やかやで……」

「いや、息子（イホ）よ、それは大げさというものだよ……、何かあるにちがいないよ……」

「いいえ、何もありはしないのです」

ホアキンはその言葉を聞きたいがために食い下がった。

「ところでアベルは、どうしてやってこないんだろう？」彼はエレナに尋ねた。

「さあ、彼は誰に対してだってあんな風ですもの」と彼女は答えた。

彼女は、エレナはそう、義理の娘の家を足繁く訪ねていたのだった。

第三十二章

「だが、教えてくれないか」ある日ホアキンは娘婿に言った。「いったいなぜ、おまえのお父さんは芸術の世界におまえを招き入れようとはしなかったのだろう？」

「僕が芸術を好きではなかったからですよ」

「関係ないさ、彼にしてみればおまえを芸術の世界に引き入れる方が自然だっただろうに……」

「そんなことはしなかったです、それどころか、僕が彼に関心を持つことさえ厭うようでした。僕が小さい頃、子供のよくするようなこと、絵を描くことさえ、させようとはしませんでした」

「奇妙だ……、それは奇妙だ……」ホアキンは呟いた。「しかし……」

舅の顔に表れるものを、その双眸に青白い光を目にして、アベルは落ち着かないものを感じた。彼の内側で何か痛ましいものが、外に出したいと思うようなもの、間違いなく何らかの毒薬が蠢いているのだと感じた。その最後の言葉のあとには、鋭い苦しみで満たされた沈黙が続いた。それを破ってホアキンは言った。

「おまえを画家にしようとしなかったというのがわからないなあ……」

「ええ、彼は自分がそうあるところのものに僕がなってほしいとは……」

またべつの沈黙が続き、ふたたびホアキンが苦しげに、何事かを告白せんと腹を決めた人のように、大きな声でそれを破った。

「そうか、わかったぞ！」

その理由が何か、正確にはわからないものの、舅がそう言った声の調子と響きを耳にして、アベルは震え上がった。

「とはつまり……？」婿は尋ねた。

「いや……、何でもない……」相手は自分の考えに沈みこんでいるようであった。

「どうか言ってください！」ホアキンの頼みによって、父でありかつ友に対するように親しく言葉を交わすようになっていた婿は懇願した。「友達でしょう、仲間なのでしょう！」しかしながら、言ってくれるようにと頼んでいることを耳にするのを恐怖していた。

「いや、だめだよ。おまえが後になってそれを口にしたら……」

「その方がひどいじゃないですか、お父さん、それが何であれ言わないことの方が。それに、僕にはそれが何かわかる気がします……」

「何だって？」舅は彼をじっと見据えて言った。

「きっと彼は、時が経つにつれて僕がその栄光を翳らせることを恐れたのでしょう……」

「そう」感情を押し殺した声でホアキンは付け加える。「そう、それだ！　息子の方のアベル・サンチェス、あるいは若い方のアベル・サンチェス！　そして次第に彼はおまえの父親として知られるようになり、おまえは彼の息子としては知られなくなってしまうということを……。さまざまな家庭において一度ならず起こった悲劇だよ……。息子がその父親の存在を翳らせるという……」

「でも、それは……」何を言うともなしに、娘婿が言った。

「それは嫉妬さ、息子よ、嫉妬以外のなにものでもない」

「息子に対する嫉妬……！　父親が！」

「そうだ、そして最も自然な嫉妬だよ。お互いをほとんど知らない人間同士のあいだに嫉妬はありえない。べつの土地や時代の人間に対して嫉妬を抱くことはない。嫉妬をするのは外国人に対してではなく、同胞のあいだでのことだ。ちがう年齢や世代の人に対してではない、同世代人、仲間に対してだ。そして最も大きな嫉妬は兄弟のあいだのそれだ。だからこそカインとアベルの故事がある……。最も悲惨な嫉妬というものは、おぼえておくがいい、兄弟が自分の妻、つまりその義理の姉妹に目をつけたと思っているものたちのそれだ……。それに父と子とのあいだの……」

「でも、その場合には年の差というものがあるのでは？」

「関係ないさ！　私たちが作り出したものは私たちの存在を危うくするのだから」

「それでは師と弟子のあいだではどうでしょう？」アベルが問うた。

ホアキンは黙り込み、しばし視線を床に落とし、その下にある大地に語りかけるかのように言葉を継いだ。

「間違いのないことだ、嫉妬とは親族関係のひとつの形なのだから」

それからこう言った。

「だが、この話はやめにしよう、息子よ、今までに言ったことはすべてなかったことにしよう。わかったね？」

「けっして！」

「けっしてとは、どういうことだい……？」

「あなたが先ほどおっしゃったことはけっして耳にしませんでした」

「ああ、私も何も耳にしなかったのなら、と思うよ！」そういった声には涙が交じっていた。

第三十三章

　エレナは義理の娘の家、息子たちの家に足繁く通った。ほんの少し洗練された趣味とより大きな優雅さを、あの格式のないブルジョア家庭に持ち込み、（彼女がそう考えていたところでは）根拠のない尊大さでいっぱいのあの父親と、もうひとりの女が袖にした男の面倒を見なければならなかった哀れなあの母親によって育てられた、かわいそうなホアキナの教育における欠点を矯正するために。そして品のよさと優れたマナーについて、来る日も来る日も教えを垂れた。

「もう、お好きになさるといいわ！」アントニアはいつも言うのだった。

　ホアキナはというと、苛立ちをおぼえながらも忍従した。だが、いつの日にか反逆する心づもりはできていた。それまでそうしなかったのは夫がそう望んだためにすぎなかった。

「あなたのお好きなようになさってくださいまし、奥様」会話の中でけっして捨て去ることのできなかった「あなた」という言葉を一音、一音嚙み締めるように、ある時彼女は言った。「私にはそうしたことは分かりませんし、どうでもよいことです。すべてあなたのお気に召すようになさってください……」

「でもこれは私のためではなくってよ、あなた、むしろ……」

「おなじことですわ！　私は医者の家に、この家に生まれ育ちました。衛生や健康にまつわること、そして私たちが子供を授かったならばその子を育てることについては、何をするべきかわかります。けれども今、趣味や格式とあなたがお呼びになることについては、芸術家の家でお過ごしになっている方のご意見に従います」

「でも、そんな態度をとらないでちょうだい、お嬢さん……」

「いいえ、これが私のとるべき態度です。だってあなたはいつだって私たちに、それはそうするんじゃないわ、こうするの、とまくし立てているんです。どうあったって私たちは夜会も、ダンスパーティも開きはしないのですから」

「そんな借り物のような批判を、娘よ（イハ）、あなたはいったいどこから拾ってきたというのかしら、借り物みたい、そうよ、もう一度言いますけれど、借り物みたいな……」

「私はそんなことはひとつも申してはおりません、奥様……」

「正しいマナーと社交的なしきたりに対するその借り物みたいな批判のことよ。そうしたものがなければ困るのは私たちじゃないの！　生きてはいけないわ！」

父と夫はホアキナに散歩をし、風にあたり、陽光を受けて、来るべき息子に与える血を温めるようにと勧めたが、彼らは必ずしもつねにその供をすることができたわけでもなく、アントニアは家から出ることを好まなかったので、姑であるエレナが彼女の付き添いをした。彼女はそのことに喜びをおぼえた。彼女らを知らない人が勘違いしたように、妹のように彼女を隣に歩かせ、そうすることで、年月によってもほとんど衰えをみせることのない自らの輝かしい美しさの引き立て役とすることに。その隣にあって、通行人たちのせっかちな眼差しの中で、義理の娘の姿は消え失せてしまうのだった。ホアキナの魅力は目によってはゆっくりと享受されるものであったが、一方で着飾ったエレナは上の空の男たちの視線をごっそりと奪い去っていくのだった。ある時、エレナがホアキナに「娘よ」と呼びかけるのを通りすがりに聞いた若者が「母親の方がいいや！」とはやし立てるように言ったのを耳にして、彼女は息を深く吸い込み、舌先で唇を湿らせた。

「ねえ、娘よ」彼女はいつもホアキナに言うのだった。「体の線を隠すためにできるだけのことはしなくては。身籠った姿を見られるのはとても恥ずかしいわ……態度が大きいみたいじゃないの……」

「私のしていることは、お母様、快適に歩いてほかの人が思っていることや思っていないことの心配をしないことです……。上品ぶった方々がみっともないというような姿をしているからといって、ほかの女の人たちがするだろうこと、していることを真似したりはしません。そんなことは気にしてはいないのです」

「なら気にするべきだわ。人の目というものがあるのだから」

「人に知られて何の困ることがあります？　それともお母様、あなたは自分がおばあちゃんになることを知られるのがいやなのかしら？」皮肉をこめて彼女は付け加えた。

おばあちゃん、というおぞましい言葉を聞いてエレナは気分を害したが、どうにか自制した。

「だってねえ、年齢からすれば……」不機嫌に彼女は言った。

「そうですわ、年齢からすればあなたはまた母親になれます」痛めつけるように義理の娘が答えた。

「そうね、そうね」不意に襲った攻撃に防御をすることも忘れて、顔を真っ赤にし、驚きをおぼえながらエレナは言った。「でも、人があなたを見るじゃないの」

「どうぞご心配なく、人が見ているのはあなたです。みながあのすばらしい肖像画のことを、あの芸術作品のことをおぼえていて……」

「私があなただったら……」姑は口を開いた。

「あなたが私だったらって、お母様、私とおなじ体調でいらっしゃれるというのかしら？」

「ねえ、お嬢さん、あなたがそんな態度を続けるのなら、今すぐ帰りましょう、そして私はあなたの付き添いをすることも、あなたの家……、つまり、あなたのお父様の家の敷居を跨ぐことも二度とないわよ」

「私の家です、奥様、私の家、そして私の夫と、あなたの家です……！」

「そんなご性格、どこからやってきたのでしょう、お嬢さん？」

「ご性格？　ああ、そうね、性格は他人よりよってきたるものです！」

「みなさん、ごらんになって、この猫かぶりの娘を……、うちの息子をひっかける前はその父親のために修道女になろうとしていたんですよ……」

「あなたにはすでに申し上げましたわね、奥様、二度と私を引き合いに出さないでいただきます。私は自分のしたことをよくわかっていますから」

「私の息子だってそうだわ」

「ええ、彼も自分のしたことをよくわかっています[050]。だから、この話はもうよしましょう」

第三十四章

そしてアベルとホアキナの息子が、アベル・サンチェスとホアキン・モネグロの血をあわせ持つ子が、この世に誕生した。

最初の争いは彼に与えるべき名前にかんするそれだった。母親はホアキンの名を、エレナはアベルの名を付けたがった。息子のアベル（アベリン）とアントニアは、ホアキンが子供に名前を与えることに決定をゆだねた。それはモネグロの魂の中の葛藤であった。新しい人間に名前を与えるというこんなにも簡単な行いですら、彼にとってはとてつもなく忌まわしく、不吉な占いのように思われるのであった。あたかも、新たなる精神の将来を決定するかのように。

「ホアキンだ」彼は内心に思った。「ホアキン、そう、私のように。やがてこの子はホアキン・S・モネグロとなり、いずれはSさえも消し去るだろう[051]、あの憎き（にっくき）サンチェスを消し去る、奴の名は、その息子の名は消え去り、彼の血統は私の血統の中に沈められるのだ……。しかし、アベル・モネグロの方が、彼の名前を救ってアベル・S・モネグロとする方がよくはないだろうか？　アベルはこの子の祖父の名前だが、同時にその父親、娘婿、もはや私のものとなった我が息子、私のアベル、私が育て上げたアベルの名でもあるのだから。奴が、もう一方の祖父がアベルという名であるからといって、どうだというのか。奴はアベルでも何でもなくて、私が『回想』の中で与える、その額に烙印を押してやるその名前でしか知られないのであれば。しかし……」

彼がそのように悩んでいるあいだに、問題を解決したのは画家のアベル・サンチェスであった。

「ホアキンがいいよ。祖父のアベル、父親のアベル、息子のアベル、アベルが三人では……多すぎるじゃないか！　それに僕は嫌だよ、これは犠牲者の名前じゃないか……」

「だけどあなたは息子にその名前を付けるのを許したわ」エレナが反論した。

「そうさ、君がそうしたいといって、僕も反対しなかったから……。でも考えてもごらんよ、もしあの子が医者にならずに画家になっていたとしたら……アベル・サンチェス父とアベル・サンチェス息子ってことになる……」

「アベル・サンチェスは世界にただひとりというわけか……」笑いを噛み殺してホアキンが言った。

「百人いたとしても」相手が言う。「いつだって僕は僕だよ」

「誰がそれを疑うかね？」友が言った。

「さあ、さあ、決まりだ、ホアキンにしよう！」

「画家にはしないってことだね？」

「医者にもね」白々しい冗談に調子を合わせて、アベルが話を打ち切った。

その子はホアキンと名付けられた。

第三十五章

その子の世話をしたアントニアは、匿(かくま)うように彼を胸に抱き、何らかの不幸を予見しているかのように言うのだった。「おやすみ、かわいいぼうや、ゆっくりと眠りなさい。そうすれば健康で強くなれますからね。それに起きているよりも寝ている方がいいのよ、とりわけこの家ではね。おまえはどうなるのかしら？　ふたつの血筋がおまえの中で喧嘩しないように神様にお祈りしましょうね」そうして子供が眠りに落ちると、腕の中に抱いたまままずっと祈っているのだった。

母方の祖父の『告白』と『回想』と、父方の祖父の画家としての栄光に歩調を合わせて子供は成長した。というのも、アベルの名声はこの時かつてないほどに大きくなっていたのだった。彼の方でも、名声にかかわりのないことについては、まるで関心がないようであった。

ある時、彼はかわいい孫にじっと眼を留めた。それはある朝のこと、深い眠りに落ちたその姿を見て彼は叫んだ。「なんて愛らしいんだろう！」スケッチブックを引き寄せると、眠る幼子を鉛筆でスケッチし始めた。

「なんと残念なことだ！」彼は言った。「ここに絵具とパレットがないなんて！　桃のようなその頬に差す光、なんてすばらしいんだ。その髪の色といったら！　巻き毛は日差しのようじゃないか！」

「それで」ホアキンは言った。「何と名付けるね？《無垢》かい？」

「絵に標題を付けるのは文学者にやらせておくさ、治療できなくとも医者が病名を付けるのとおなじにね」

「しかしアベル、病気を治すのが医学の目的だなんて誰が言ったんだ？」

「じゃあ、何だというのさ？」

「病気について知ることさ。科学の目的は知ることだよ」

「治すために知るんだと思っていたけどね。悪から自由になるためでないなら、善悪の知識の実を食べたことの意味はどうなるんだい？[052]」

「なら芸術の目的は何だというんだい？　君が描き終わった僕たちの孫のスケッチの目的は何なんだい？」

「それ自体に意味があるのさ。美しい、ただそれだけで十分さ」

「美しいのはどっちだい？　君の絵か、僕たちの孫か？」

「どっちもさ！」

「もしかして君はこの子より、小さなホアキン（ホアキニート）より自分の絵の方が美しいと思っているんじゃないのか？」

「またお得意の議論か！　ホアキン！」

するとと祖母であるアントニアがやってきて、揺り籠から幼子を取り上げると、両方の祖父からそれを守るかのように連れて行った。そしてこう言った。「ああ、ぼうや、ぼうや、かわいいぼうや、神の仔羊ちゃん、我が家の太陽さん、罪のない天使さん、肖像画も診察もなしにしましょうね！ 絵のモデルにも、病気の患者にもならないでね……！ あの人たちはその芸術と科学と一緒にほうっておきましょうね、おばあちゃんといらっしゃい、かわいい子、あたしの命！ あなたはあたしの命だわ、あなたはあたしたちの命、この家の太陽よ。おじいちゃんたちのためにお祈りをするやり方を教えてあげるわ、そうしたら神様が聞いてくださるわよ！ あたしと一緒にいらっしゃい、かわいい、かわいい子、穢れのない仔羊ちゃん、神の仔羊ちゃん！」そうしてアントニアはアベルのスケッチには目もくれないのだった。

第三十六章

ホアキンはその病的な関心でもって孫の小さなホアキン（ホアキニート）の成長を見守った。誰のようになるだろう？　誰に似ているだろう？　誰の血を受け継いでいるのだろう？　とりわけその子が片言でおしゃべりを始める頃には。

この祖父よりも落ち着きがなくなったのはもうひとりの祖父であるアベルの方で、孫が生まれてからというもの彼は、息子たちの家を足繁く訪ね、またその小さな子供を自分の家に連れてくるようにさせた。かの偉大なるエゴイスト（と息子やその舅は思っていたのであるが）は、幼子の前ではその心を軟化させ、子供っぽくなりさえするように思われた。彼は絵を描いてやり、それは幼子を喜ばせる。「おじいちゃま、お絵かきしてちょうだい」と頼むのであった。そしてアベルは飽くこともなく犬や、猫や、馬や、牛や人間の姿を描くのであった。やれ騎兵を、やれ平手打ちをしあう子供らを、やれ犬に追いかけられて逃げている子供を、と頼まれては、おなじ場面を繰り返し描くのだった。

「僕の人生において最も愉しんでした仕事だよ」とアベルは言った。「これこそが純粋な芸術さ、ほかの仕事は……どうしようもないがらくたさ！」

「子供向けの画集を作れるじゃないか」ホアキンは言った。

「いいや、そんなのはつまらないよ、子供のためのものなんて……だめさ！　それは芸術じゃないよ、そんなのは……」

「教育絵本かい？」ホアキンが言った。

「そうだな、まあ何でもいいが、芸術ではないね。これこそが芸術なんだ、これこそが。この落書きは僕たちの孫があっという間に破り捨ててしまうだろうね」

「とっておこうか？」ホアキンが尋ねた。

「とっておく？　何のために？」

「君の栄光のためにさ。誰だったか忘れたが、有名な画家が息子たちを楽しませるために描いてやった落書きを出版すると、それこそが彼の最高傑作だったらしいよ」

「いいかい、僕は本にするためにこれを描いているわけじゃないんだよ？　それに君の言った栄光だがね、ホアキン、僕にとってそんなものはどうでもいいんだよ」

「ご冗談を！　それこそが君の唯一本当の関心事だろう……」

「唯一だって……？　君の言ったことは嘘だね。僕が唯一関心のあるのはこの子さ。この子は偉大な芸術家になる！」

「君の才能を受け継いでか？」

「君のもね！」

幼子はふたりの祖父のあいだの激しいやり取りを理解することなく、しかしその態度の内に何かしらを感じ取りながら見ていた。

「お父さんはどうしてしまったんでしょう？」ホアキンに娘婿が尋ねた。「僕のことなど気にも留めなかったのに、孫には夢中ときた。僕が子供の時には、あんな絵を描いてくれた記憶なんてないのに……」

「私たちも年をとったのさ、息子よ」ホアキンは答えた。「老いは多くのことを教えるものさ」

「この前なんて、あの子が何かを尋ねたのに涙さえ浮かべて。いいですか、涙を見せたんですよ。そんなの見たこともなかったのに」

「まずいな！　そいつは心臓だ！」

「どういうことです？」

「おまえのお父さんは疲弊しているのさ、年月や仕事に、それから芸術的な着想の努力や感情にね、心臓が弱り切っているのさ。ひょっとすると……」

「何です？」

「おまえたち、いや、私たちの肝を潰すことになる。ずっと思っていたことなのだが、おまえに言える時が来てほっとしているよ。おまえのお母さんに、エレナにも伝えておくれ」

「そうします、疲労や息苦しさを口にするようになっていて。もしかして、それは……？」

「そのとおりだよ。おまえには知られないようにしながら、彼は私の診察を受けたんだ。彼には注意が必要だよ」

じじつ、気候が悪くなるとアベルは家にこもるようになり、その家に孫を連れてこさせるようになったが、それはもうひとりの祖父に一日中苦しい思いをさせた。「あの子を猫かわいがりしているんだ」ホアキンは言った。「あの子の愛情を私から奪うんだ、自分が一番になりたいんだ、息子をとられた仕返しをしようとしているんだ。そう、そうだ、これは復讐だ、ほかのなにものでもなく。あいつは最後の慰めを私から奪おうとしているんだ。またおんなじことをしようとしているんだ、子供のころに友達を奪っていったのとおんなじことを」

その間アベルは孫に、もうひとりのおじいちゃんを、ホアキンを大好きになりなさいと幾度となく繰り返した。

「でもおじいちゃんの方が好きだよ」と孫はアベルに言った。

「それはだめだよ！　僕ばかりを好きになっては。みんなをおなじように好きにならなくては。一番はパパとママ、それからおじいちゃん、おばあちゃんさ。ホアキンおじいちゃんはとてもいい人だよ、おまえを大好きだし、おもちゃも買ってくれるだろう……」

「おじいちゃんも買ってくれるよ……」

「お話もしてくれるじゃないか……」

「おじいちゃんが描いてくれる絵の方が好き……。ねえ、闘牛と馬に跨ったピカドールの絵を描いて！」

第三十七章

「ねえ、アベル」ふたりきりになるとホアキンは重々しく口にした。「大事な、とても大事な話があってきたんだ。生きるか死ぬかという話だ」

「僕の病気のことかい？」

「そうじゃない、だが言うなれば私の病気のことだよ」

「君の？」

「そう、私のだ！　話というのは私たちの孫のことさ。単刀直入に言うよ、君に遠くに行ってほしいんだ、いなくなってほしい、私たちの視界の外に。このとおりだ、頼む……」

「僕が？　気でもちがったのか、ホアキン？　いったいどうして？」

「あの子は私よりも君の方が好きなんだ。それははっきりしている。君があの子に何をしたのかは知らない……、知りたくもないよ……」

「呪文をかけたり、魔法の薬を飲ませたとでも言うのかい、まさか……」

「わからないよ。君は絵を、あの忌々しい絵を描いたんだ、君のろくでもない芸術の忌々しい魔法であの子を手懐けたのさ……」

「おい、それが悪いって言うのかい？　君は病気だ、ホアキン」

「病気かもしれない、でもそんなことは、もうどうでもいいんだよ。私はもう治る見込みがないんだ。病気なら、私の意見を尊重してほしい。なあ、アベル、君は青春時代に私を苦しめた、そしてこの人生というものずっと私を苦しめてきたんだ……」

「僕がかい？」

「ああ、そうだ、君が」

「そいつは知らなかった」

「白々しい。君はいつも私を見下していたよ」

「なあ、そんな調子なら僕は帰るよ、はっきり言って気分を害したからね。その手の馬鹿げた話に僕が耐えられないことは、誰よりも君がよく知っているだろう。さっさと精神病院に入って治してもらうか、面倒を見てもらえ。僕たちを困らせてくれるなよ」

「なあ、アベル、君は私を侮辱するために、見下すために、エレナを奪っていったじゃないか……」

「君にはアントニアがいただろう……？」

「ちがう、それは関係ないんだ！　見下し、侮辱して、愚弄するためだった」

「もう一度言うけれど、ホアキン、君は病気だよ。君は病気なんだ……」

「君の方がずっと病気さ」

「健康にかんしては、もちろんそうだ。長くは生きられないことをわかっているよ」

「十分すぎるさ……」

「ああ、僕が死ねばいいと言うのか？」

「ちがうんだ、アベル、そうじゃない、そんなつもりじゃないんだ」ホアキンは哀れっぽい懇願の調子を帯びて言った。「消えてほしい、ここからいなくなってくれ、ここじゃない場所に行ってくれ、あの子を私にくれ……あの子を奪わないでくれ……君に残されたわずかな時間……」

「残されたわずかな時間、あの子と一緒にいさせてくれよ」

「いやだ、手管を使ってあの子に毒を注ぐんだろう、私から引きはがして、見下すように仕向けるんだろう……」

「馬鹿な、そんなことをするはずがないだろう！　あの子に向かって君のことを悪く言うなんてこと、これまでも、これからもありはしないよ」

「そうだろう、でも君が上手いこと丸めこんだら、それで十分なのさ」

「でも僕がいなくなったら、僕を消し去ったら、それであの子が君を好きになるというのかい？　ホアキン、君のことを好きになろうとする人があったところで……、もし君が誰しもを拒絶するのなら……」

「そうだ、そのとおりだ……」

「でも、もしもあの子が君の思うほどには君を愛さなかったとしたらどうだい、ほかの人はさておいても、いや、彼らほどにもさ、それはあの子が危険を察知しているか、怖れているということ……」

「何を怖れているっていうんだい？」青ざめてホアキンは尋ねた。

「君の悪い血筋をさ」

蒼白になったホアキンはその時立ち上がり、アベルに向かうと、両の手を鉤爪（かぎづめ）のようにしてその首に押し当てて言った。

「ろくでなしめ！」

しかしすぐさまその手を離した。アベルは叫び声を発し、胸に手をやると「苦しい！」と声を漏らし、臨終の息を吐いた。ホアキンは思った、「狭心症の発作だ、手の施しようもない、もうおしまいだ！」と。

その瞬間、彼は孫が呼ぶ声を聞いた。「おじいちゃん、おじいちゃん！」ホアキンは振り返った。

「誰を呼んでいるんだい？　どっちのおじいちゃんを？　私かい？」目の前に広がる理解しがたい状況に驚

嘆しながら幼い子供が黙っていたので、彼は問い続けた。「教えておくれ、どっちのおじいちゃんだい？　私の方かい？」

「ちがう、アベルおじいちゃんだよ」

「アベルかい？　アベルおじいちゃんは、ほら……、亡くなったのさ。わかるかい？　死んでしまったのさ」

アベルの亡骸が横たわる肘掛椅子に身を寄せた後、ホアキンは孫の方に向き直って、この世のものではないような声で言った。

「そう、死んでしまったんだ！　そして死なせたのは私だ、私が殺したんだ。アベルはカインに殺されたのさ、おまえのおじいちゃんであるカインによって。私を殺したいなら殺しておくれ。こいつは私からおまえを奪おうとしていたんだ。おまえの愛を奪おうと。そしてそれを奪っていった。だがそれは奴の、こいつのせいなんだ」

嗚咽を漏らしながら彼は、言葉を重ねた。

「おまえを、哀れなカインに残された唯一の慰めであるおまえを奪おうとしたのだよ！　カインには何も許されないというのか？　こっちへおいで、おじいちゃんを抱きしめておくれ」

幼い子供は、彼の言うことを何ひとつ理解することもなく逃げていった。それはあたかも狂人から逃れるかのように。逃げながらその子はエレナを呼んだ。

「おばあちゃん、おばあちゃん！」

「そうだ、私が殺したんだ……」ホアキンはひとりになっても言葉を続けた。「だがこいつは私を殺そうとしていたんだ。四十年以上にわたって、私を殺し続けてきたんだ。その歓喜と勝利で私の歩むべき人生に毒を盛ってきたんだ。私から孫を奪おうとしたんだ……」

慌てふためいた足音を耳にして、ホアキンは我に返り、振り向いた。戸口にはエレナの姿があった。

「何があったの……、何が起こったの……、ぼうやは何を言っているの？」

「ご主人の病気がひどい結末をもたらしたんだ」凍りついたようにホアキンは言った。

「それであなたは何をしているの？」

「私はどうすることもできなかった。いつだって手遅れなんだ」

エレナは彼をじっと見て、言った。

「あなたね……、あなたなのね！」

それから蒼白になり、怒りに打ち震えながら、しかし態度は崩さずに彼女は、夫の亡骸に寄り添った。

第三十八章

ホアキンが深い憂鬱に塞ぎこんで一年が過ぎた。その『回想』はほうり出し、娘夫婦も含めて誰に会うことも避けた。アベルの死はその息子が認めていたように、彼の病気の当然の帰結であったが、家の中には奇妙で重々しい気まずさが立ちこめていた。喪服が自分を大いに引き立てることを発見したエレナは、夫の遺した絵画を売却し始めた。彼女はすでに妹も生まれていたその孫に対して、何かしらの嫌悪を抱いているようにみえた。

得体の知れない病はついに、寝台のホアキンを屈伏させた。死が近いことを悟ったある日、彼は娘夫婦、妻、そしてエレナを呼び寄せた。

「あの子が言ったことは本当なんだ」彼は口を開いた。「彼を殺したのは私だ」

「そんなことを言わないでください、お父さん」婿のアベルが懇願した。

「水を差したり、きれいごとを言っている暇はないのだよ。彼を殺したのは私だ。あるいは、私が殺したようなものだ、私の手の中で死んだのだから……」

「それはまたべつのことでしょう」

「私が首に手をかけている時に死んだのだ。夢みたいだった。私の人生は一睡の夢のようだった。それは夢と現(うつつ)のあわい、明方の目を覚ます少し前に、われわれに襲ってくるあの痛ましい悪夢のようなものだった。私は眠りながら生きてきたわけではない……、そうだったらよかったのに。けれど、目を覚まして生きてもこなかったのだ！　親たちのことはおぼえていない、思い出したくもないし、もう鬼籍に入ったのであれば私のことなど、きっと忘れてしまっただろう。神もまた私をお忘れになるのだろうか？　多分それが一番いいことだ、永遠の忘却こそが。子供たちよ、私のことは忘れておくれ！」

「忘れるものですか！」アベルは叫び、その手に口づけようとした。

「よすんだ！　おまえの父親が死んだ時にその首にかけられていた手なんだ。放してくれ！　だがひとりにはしないでくれ。私のために祈っておくれ！」

「お父様、お父様！」娘が哀願した。

「なぜ私はかくも嫉妬深く、悪い人間であったのだろう？　何をしてこうなったというのだろう？　どんな乳を吸って育ったというのだろう？　それは憎悪の毒薬だったのか？　血の中に注がれた毒であったのか？　なぜ私は憎悪の大地に生まれたのだろう？　そこでは『あなたの隣人(となりびと)をあなた自身のように憎め[053]』こそが戒律のようだ。なぜなら私は自分自身を憎んで生きてきたのだから、そしてここでは私たち誰もがお互いを憎み合って生きているのだから。だが……あの子を連れてきておくれ」

「お父様！」

「あの子を連れてくるんだ」

子供がやってくると、彼をそばに寄らせた。

「私を許してくれるかい？」彼は孫に尋ねた。

「許すべきことなど何も」アベルが言った。

「許すと言ってちょうだい、おじいちゃんのそばに行って」母親が息子に言った。

「許すよ」子供は耳元で囁いた。

「もっとはっきりと、ぼうや、私を許すと言っておくれ」

「許すよ」

「そうだ、ただおまえから、まだ理性の働きを持たないおまえ、無垢なおまえからのみ、私は許しを必要とするんだ。そしてアベルおじいちゃんを忘れてはいけないよ、おまえに絵を描いてくれたね。忘れたりしないね？」

「うん！」

「そうだ、忘れてはいけないよ、ぼうや、忘れてはいけないんだ！　それから、ねえ、エレナ……」

エレナは視線を床に落として黙っていた。

「ねえ、エレナ……」

「ホアキン、とっくの昔に私はあなたを許していたわ」

「私が頼みたいのはそのことじゃない。ただアントニアと一緒にいる君の姿を見たいんだ。アントニア……」

かわいそうな女は、泣き腫らした目をして、彼を守るかのように、夫の枕元に身を投げ出していた。

「おまえこそがここでは生贄であった。おまえは私を癒すことが、私を善良にすることができなかった……」

「あなたは善良だったわ、ホアキン……。あんなにも苦しんで」

「そうだね、魂の痛苦さ。おまえは私を善良にすることはできなかったよ、なぜなら私はおまえを愛してはいなかったのだから」

「そんなこと言わないで！」

「言うとも、言わなくてはならない、ここで、みなの前でね。私はおまえを愛しはしなかった。愛していたなら癒えることもあったのだろう。私はおまえを愛しはしなかった。おまえを愛さなかったことが今とてもつらいよ。もしも初めからやり直せるものならば……」

「ホアキン！　ホアキン！」かわいそうな女は、引き裂かれた心から叫びを上げた。「そんなことは言わないで。あたしを憐れんでちょうだい、子供たちを憐れんでちょうだい、あなたの話を聞いている孫を憐れんでちょうだい。たとえ今はわからないとしても、いずれは……」

「だからこそ、憐れむからこそ言うのだよ！　私はおまえを愛さなかった。愛そうともしなかった。初めからやり直せるなら！　だがもう、もう……」

　妻は彼の言葉を最後まで言わせなかった、死にゆくものの口をその唇で塞いだのだ。あたかもその最後の息を自分自身に受け入れるかのように。

「これであなたは救われたのよ、ホアキン」

「救われた？　何をもって救われたというのだい？」

「もし望むなら、もう何年か生きることだってできるわ」

「何のために？　老いを迎えるために？　真の老年にいたるためにかい？　いやだね、老いはいやだ。我儘（わがまま）な老年など、死を意識した幼年期にほかならない。老人は死ぬ運命を知る子供だよ。いやだね、私は老いを迎えたくはないよ。嫉妬ゆえに孫たちと争い、憎むようになるなんて……。いやだ、そんなのは……、憎しみはもう沢山なんだ！　おまえを愛することはできた、愛するべきだったんだ、そうすれば私は救済されただろう、しかし私はおまえを愛さなかったんだ」

　彼は黙った。それ以上何も言いたくなかったのか、言うことができなかったのか。そこにいる人たちに口づけをした。数時間後、疲弊しきった最後の息を漏らした。

擱筆（かくひつ）セリ！[054]

註

001──この文章の末尾に見られるとおり、ウナムーノはこの作品の第二版の校正作業をフランス側バスク地方、ピレネー＝アトランティック県のアンダイで行った。

002──ウナムーノは自ら彩色して初版の表紙を準備した。「訳者解題」を参照のこと。

003──ホセ・アグスティン・バルセイロ（一九〇〇－九一）はプエルト・リコの詩人、作家、批評家。彼が一九二五年から一九四二年にかけて上梓した『見張り（El Vigía）』の第二巻（一九二八）に小説家ウナムーノについての批評が含まれる。

004──これもまたホアキン・モネグロが臨終の際に口にする言葉。第三十八章を参照のこと。

005──死後出版の詩集の第一〇七番。

006──サルバドール・デ・マダリアガ・イ・ロホ（一八八六－一九七八）はスペインの外交官、作家、批評家。ここでは彼が一九二八年にオックスフォード大学出版局より上梓した『イギリス人、フランス人、スペイン人（Englishmen, Frenchmen, Spaniards）』に言及している。スペイン語版は翌年出版された。

007──ギリシア神話において「嫉妬」が神格化されたもの。

008──フランシスコ・デ・ケベード（一五八〇－一六四五）はスペイン黄金世紀を代表する作家、詩人、外交官。政治的陰謀に加担した廉で一六三九年から四三年までレオンにあるサン・マルコス修道院に幽閉され、大いに健康を損なった。

009──フライ・ルイス・デ・レオン（一五二七？－九一）はアウグスティノ会士、サラマンカ派を代表する詩人、人文学者。自身の手がけた『雅歌』の翻訳が引き金となり異端審問所に告発され、五年間を獄中に過ごした。

010──カスティーリャ王、アラゴン王フェリペ二世（一五二七－一五九八）はメアリ一世の夫としてイングランド王、一五八〇年からはポルトガル王を兼ねた。新大陸をはじめとする海外領土を含む彼の領土は、その広大さゆえに「太陽の沈まぬ帝国」と呼ばれた。

011──フランセスク・カンボ（一八七六－一九四七）は地方主義連合のリーダーを務めたカタルーニャの地域ナショナリスト政治家。

012──マリアノ・ホセ・デ・ラーラ（一八〇九－三七）はスペインのジャーナリスト、批評家。同時代の社会と政治に辛辣な批評を加えたが、スペインをめぐる状況に幻滅を覚えたことを一因として自殺を遂げた。

013――長じたホアキンが出会う人物。第二十二章以降に登場する。

014――アイルランドの作家オスカー・ワイルド（一八五四－一九〇〇）の短編小説「秘密のないスフィンクス（The Sphinx Without a Secret）」（一八八七）への言及。

015――スペインの口語で従兄弟（primo）には「お人好し」の意味がある。

016――《ラ・ジョコンダ》は《モナ・リザ》として知られるレオナルド・ダ・ヴィンチ（一四五二－一五一九）筆の女性の肖像。ウナムーノはこの作品をイタリア語（Gioconda）によらずしてスペイン語式にジョコンダ（Joconda）と表記しているが、これはエレナの陽気な（jocunda）性格を想起させる。

017――「永らえる」、「硬い」、「冷酷」はすべて同音異義語（dura）を用いている。

018――ダンテ『神曲』地獄篇、第三二歌に歌われる地獄の第九圏にあるカイーナでは一切が凍てついている。カイーナの名はカインに由来する。

019――ドン・ファン伝説の一変奏であるティルソ・デ・モリーナ（一五七九－一六四八）作の戯曲『セビーリャの色事師と石の招客』（一六一六－三〇？）を踏まえた表現。

020――婚姻の場面におけるこの部分はレアンドロ・フェルナンデス・デ・モラティン（一七六〇－一八二八）作の戯曲『娘たちの「はい」という返事』（一八〇六）を想起させる。この章で文学的伝統への示唆が頻繁になされていることは興味深い。

021――「耳（oído）」を「憎悪（odio）」としている版も存在するが、直後にホアキンが肖像画の声を聞いたかのように感じていることから、「憎悪」は誤りだろう。ただし興味深い誤りといえる。

022――レナダはウナムーノの他の作品にもあらわれる架空の地名。その名は「再生（re-nacida）」とも「再びの虚無（re-nada）」とも解しうる。

023――フランス側ピレネー山中の有名な巡礼地。一八五八年に聖母が顕現したとされ、その湧水は奇跡をもたらすとされる。

024――「創世記」四・一－五。

025――「創世記」四・五－七。

026――「創世記」四・八－九。ホアキンは第二十一章で聖書を紐解き、この続きの箇所を確認する。

027――以下ホアキンの『告白』にみられるアダへの言及は、アベルに借りたバイロン卿の『カイン』の読書に基づくもの。そこではカインの妻の名がアダとされている。バイロン卿自身は、その作品の「序」において次のように書いている。

以下にみられる作品の中においては、そのふたりの妻を、「創世記」にみえる最初の女性の名を採って、「アダ」と「チラ」と名付けた。じつはそれはレメクの妻たちの名である。カインとアベルの妻の名は、べつに記されていない。

（島田謹二訳）

028——バイロン卿『カイン』第三幕、第一場、二二一－二五行。「お前はまだあの果実を摘んだことはない——お前はまだ裸だということも知らぬ！　お前の罪でもなければ、俺の罪でもないいまだ知らぬ罪のために、お前の苦しめられる時が、いやでもそのうち出てこなければならんのか？」（島田謹二訳）。カインは裸のまま安眠をむさぼる嬰児がいずれ、身に覚えのない原罪の報いを受けねばならないことを憐れんでいる。

029——ホアキンから派生した女子の名がホアキナ。ホアキニータは小さなホアキナの意。

030——小さなアベルの意。

031——エレナはモーセの十戒中の次のくだりに言及している。

あなたは、あなたの神、主の御名を、みだりに唱えてはならない。主は、御名をみだりに唱える者を、罰せずにはおかない。

（「出エジプト記」二〇・七）

032——アロイシウス・ゴンザーガ（一五六八－一五九一）。イタリアのイエズス会士。名門貴族の家系に生まれたが、信仰の道に入りその財産を放棄した。ペストが蔓延したローマにあって、イエズス会が開設した病院で働くことを志願し、そこで病を得て没した。

033——「下手」を表わす形容詞（malo）はより直截には「悪い」を意味する。したがって、ここにならべられた言葉はすべて「悪人」を指すようにも誤読できる。

034——サンチェスはスペインでひじょうにありふれた名字のひとつ。なおサンチェス（Sánchez）はサンチョ（Sancho）の息子を意味するが、サンチョはラテン語の「聖人」(sanctus）に由来する。

035——スペインでは父方と母方の名字を子供に与える。アベルの息子の場合、父の名字がありふれているためSと略記し母方の名字（エレナの父方の名字）を併記する可能性もあることに言及している。プイグはカタルーニャ地方に多く見られる名字プッチのスペイン語読み。

036——スポーツや娯楽など、同好の士が集まるクラブの集会所。

037——「マタイ書」一九・一九。

038——「創世記」四・九。

039——この自問の言葉（"¿Y dónde estoy yo?"）はバイロン卿の『カイ

ン』第三幕、第一場、三二二行にあるアベルを殺害した直後のカインのセリフ（"Where am I?"）とおなじもの。

040――一ドゥロは五ペセタに相当。ここでは少しばかりの金額の意味。

041――アラゴン人は頑固者という評判がある。

042――「創世記」二五・二四－三四、二七・一－四四。イサクの子エサウとヤコブは双子の兄弟。ヤコブはエサウから長子の権利を奪い、父より与えられるその祝福を横取りした。

043――この一行は一九一七年の初版、一九二八年の第二版、さらに参照したすべての校訂版において行が改められ、フェデリコの対話者であるホアキンの言葉とされているが、そうすると次のフェデリコに対する呼びかけがフェデリコ自身のものになってしまう。著者自身による誤りと考えてこのように修正した。

044――第十四章でアベルのためのみごとな演説によって成功をおさめながらも、なお苦悶の言葉を漏らすホアキンにアントニアは長い口づけをした。

045――「創世記」二五・二一－二三。

046――「ヨブ記」への言及。ヨブの矛盾はその罪と神の与える罰との不釣り合いを知りながら、なおも創造主に従順であること。双子のテーマについては、ウナムーノは一九二六年の戯曲『もうひとりの男（El otro）』で取り扱っている。双子の兄弟における互いへの激しい憎悪と殺人を扱ったこの作品は『アベル・サンチェス』と共通する多くの問題を含む。

047――不明。文脈上は医学上の重要な発見を成し遂げた人物を指すものでなければならない。安易な推測は慎むべきであるが、接続詞を含んだ名字の構成に着目し、作中の時間の流れを執筆年代と並行するものと考えると、ウナムーノのまったき同時代人として一九〇六年にノーベル生理学・医学賞を受賞したサンティアゴ・ラモン・イ・カハル（一八五二－一九三四）が思い当たる。ラモン・イ・カハルは神経系を構成する単位としてニューロン（神経細胞）説を提唱した。同賞を同時に受賞したカミッロ・ゴルジは網状説を支持していたが、後年ニューロン説の正しいことが立証され、神経科学における基礎概念となった。

048――『神曲』の地獄篇においてダンテは、地獄で目にした人々の姿をその罪状とともに書き遺している。

049――『ドン・キホーテ』前篇が刊行されたのはセルバンテス五十七歳の年であった。ただし彼がそれに着手したのはそれ以前、おそらくは一五九八年ごろのことと思われる。なお、『アベル・サンチェス』の初版が世に出た一九一七年、ウナムーノは五十三歳であった。

050——ふたりの奇妙な会話は、アベリンとホアキナの結婚がもたらす帰結をホアキンばかりでなくすべての人物が予見し、理解していたことを示すものかもしれない。

051——一般にスペインではふたつの名字が父親と母親の血統のそれぞれから与えられる。したがって、ホアキナとアベリンの子供の名字はサンチェス・モネグロとなるが、サンチェスがありふれた名字であることからこれをSと記述し、いずれはそれさえも省略するだろうとホアキンは考えている。名字をめぐる議論は第二十章ですでにあらわれていた。

052——「創世記」三・一–七。エデンの園の中央にある木の実を食べて、アダムとその妻は善悪を知るようになった。なお、バイロン卿の『カイン』では、この果実を口にしたことの結果について主人公カインが思いを巡らせる。

053——「マタイ書」一九・一九のもじり。第二十一章ですでにこの言葉は引かれている。

054——この一言は一九二八年の版で付け加えられたもの。感嘆符が添えられていることはひじょうに興味深い。

ミゲル・デ・ウナムーノ〔1864–1936〕年譜

▼——世界史の事項　●——文化史・文学史を中心とする事項　**太字ゴチの作家『タイトル』**——〈ルリユール叢書〉の既刊・続刊予定の書籍です

一八六四年

九月二十九日、ミゲル・デ・ウナムーノ・イ・フーゴがスペイン・バスク地方ビルバオに生まれる。父フェリックスは若くして新大陸（メキシコ・ナヤリット州テピク）にわたり、そこで成した財を元手に当初パン屋を開業した。ミゲルは六人姉弟の第三子で長男。

▼第一インターナショナル結成〔英〕●テニソン『イーノック・オーデン』〔英〕●ヴェルヌ『地底旅行』〔仏〕●ロンブローゾ『天才と狂気』〔伊〕●ヨヴァノヴィチ＝ズマイ『薔薇の蕾』〔セルビア〕●ドストエフスキー『地下室の手記』〔露〕

一八六六年　▼普墺戦争〔独〕▼薩長同盟〔日〕●**オルコット『仮面の陰 あるいは女の力』**〔米〕●メルヴィル『戦争詩集』〔米〕●ヴェルレーヌ『サチュルニヤン詩集』〔仏〕●『現代高踏詩集』（第一次）〔仏〕●E・ヘッケル『一般形態学』〔独〕●ドストエフスキー『罪と罰』〔露〕

一八六七年　▼オーストリア＝ハンガリー二重帝国成立〔欧〕▼大政奉還、王政復古の大号令〔日〕●ゾラ『テレーズ・ラカン』〔仏〕●マルクス『資本論』（第一巻）〔独〕●〈レクラム文庫〉創刊〔独〕●ノーベル、ダイナマイトを発明〔スウェーデン〕●ツルゲーネフ『けむり』〔露〕

一八六八年　▼九月革命、イサベル二世亡命〔西〕▼アメリカ、ロシア帝国からアラスカを購入〔米〕▼五箇条の御誓文、明治維新〔日〕●オルコット『若草物語』（〜六九）〔米〕●コリンズ『月長石』〔英〕●**シャルル・ド・コステル『ウーレンシュピーゲル伝説』**〔白〕●ヴァーグナー《ニュルンベルクのマイスタージンガー》初演〔独〕●ドストエフスキー『白痴』（〜六九）〔露〕

一八六九年

▼立憲王政樹立〔西〕▼大陸横断鉄道開通〔米〕●M・アーノルド『文化と無秩序』〔英〕●ゴルトン『遺伝的天才』〔英〕●ヴェルヌ『海底二万里』（〜七〇）〔仏〕●**ユゴー『笑う男』**〔仏〕●ボードレール『パリの憂鬱』〔仏〕●ドーデ『風車小屋だより』〔仏〕●フローベール『感情教育』〔仏〕●ジュライ『ロムハーニ』〔ハンガリー〕●サルトゥイコフ＝シチェドリン『ある町の歴史』（〜七〇）〔露〕

一八七〇年〔六歳〕

七月十四日、父フェリックス肺結核により死去。一家の生活は窮乏に瀕する。後に妻となるコンセプシオン（コンチャ）・リサラガと出会う。サン・ニコラス学院で初等教育を受ける。

▼アマデオ一世即位〔西〕▼普仏戦争（〜七一）、第二帝政崩壊、共和制復活〔仏〕●ペレス・ガルドス『フォルトゥナタとハシンタ』〔西〕●エマソン『社会と孤独』〔米〕●D・G・ロセッティ『詩集』〔英〕●ザッヘル＝マゾッホ『毛皮を着たヴィーナス』〔墺〕●ディルタイ『シュライアーマッハーの生涯』〔独〕●ストリンドベリ『ローマにて』初演〔スウェーデン〕●キヴィ『七人兄弟』〔フィンランド〕

一八七二年

▼第二次カルリスタ戦争開始（〜七六）〔西〕●**S・バトラー『エレホン』**〔英〕●G・エリオット『ミドルマーチ』〔英〕●L・キャロル『鏡の国のアリス』〔英〕●ウィーダ『フランダースの犬』〔英〕●バンヴィル『フランス詩小論』〔仏〕●ニーチェ『悲劇の誕生』〔独〕●**シュトルム『荒野の村』**〔独〕●ヨヴァノヴィチ＝ズマイ『末枯れた薔薇の蕾』〔セルビア〕●ブランデス『十九世紀文学主潮』（〜九〇）〔デンマーク〕●ヤコブセン『モーウンス』〔デンマーク〕●イプセン『青年同盟』〔ノルウェー〕●レ・ファニュ『カーミラ』〔愛〕

一八七三年〔九歳〕

第二次カルリスタ戦争によりこの年から翌年にかけてビルバオが包囲され、砲撃を受ける。この時の経験が処女長編小説『戦争の中の平和 *Paz en la guerra*』に反映されている。

▼アマデオ一世退位、共和政成立（〜七四）〔西〕▼ドイツ・オーストリア・ロシアの三帝同盟成立〔欧〕●ペイター『ルネサンス』〔英〕●S・バトラー『良港』〔英〕●**コルビエール『アムール・ジョーヌ』**〔仏〕●ドーデー『月曜物語』〔仏〕●**ランボー『地獄の季節』**〔仏〕●ニーチェ『悲劇の誕生』〔独〕●A・ハンセン、癩菌を発見〔ノルウェー〕●レスコフ『魅せられた旅人』〔露〕

一八七四年〔十歳〕

ビスカヤ学院で中等教育を受ける。

▼王政復古のクーデター〔西〕●アラルコン『三角帽子』〔西〕●J・トムソン『恐ろしい都市の夜』〔英〕●ヴェルレーヌ『言葉なき恋歌』〔仏〕●フロベール『聖アントワーヌの誘惑』〔仏〕●ユゴー『九三年』〔仏〕●マラルメ、「最新流行」誌を編集〔仏〕●ヴェルガ『ネッダ』〔伊〕●**シュトルム『従弟クリスティアンの家で』『三色すみれ』『人形つかいのポーレ』『森のかたすみ』**〔独〕

一八七五年

▼イギリス、スエズ運河株を買収〔英〕▼ゴータ綱領採択〔独〕●ラニアー『シンフォニー』〔米〕●ビゼー作曲オペラ《カルメン》上演〔仏〕●E・デ・ケイロース『アマロ神父の罪』〔葡〕●**シュトルム『静かな音楽家』**〔独〕●ドストエフスキー『未成年』〔露〕●トルストイ『アンナ・カレーニナ』（〜七七）〔露〕●レオンチエフ『ビザンティズムとスラヴ諸民族』〔露〕

一八八〇年〔十六歳〕

マドリード大学哲文学部入学。

孤独をおぼえながら独学の日々を送る。また教会のミサに出ることをやめる。大学在学中の期間をのぞいてマドリードに長期間滞在することは終生なかった。

▼第一次ボーア戦争〔南アフリカ〕●ギッシング『暁の労働者たち』〔英〕●E・バーン＝ジョーンズ《黄金の階段》〔英〕●ゾラ『ナナ』『実験小説論』〔仏〕●モーパッサン『脂肪の塊』〔仏〕●エティエンヌ＝ジュール・マレイ、クロノフォトグラフィを考案〔仏〕●エンゲルス『空想から科学へ』〔独〕●**ヤコブセン『ニルス・リューネ』**〔デンマーク〕●H・バング『希望なき一族』〔デンマーク〕

一八八三年

▼クローマー、エジプト駐在総領事に就任〔エジプト〕●メネンデス・イ・ペラーヨ『スペインにおける美的観念の歴史』（〜八九）〔西〕●スティーヴンソン『宝島』〔英〕●ヴィリエ・ド・リラダン『残酷物語』〔仏〕●モーパッサン『女の一生』〔仏〕●コッローディ『ピノッキオの冒険』〔伊〕●アミエル『日記』〔瑞〕●**フォンターネ『梨の木の下に』**（〜八五）『シャッハ・フォン・ヴーテノー』〔独〕●ニーチェ『ツァラトゥストラかく語りき』〔独〕●エミネスク『金星』〔ルーマニア〕●ヌシッチ『国会議員』〔セルビア〕●ビョルンソン『能力以上』〔ノルウェー〕●フェート『夕べの灯』（〜九一）〔露〕●ガルシン『赤い花』〔露〕

一八八四年〔二十歳〕

バスク語にかんする研究『バスク民族の起源と前史にまつわる問題の批判 *Crítica del problema sobre el origen y prehistoria de la raza vasca*』で博士号を取得し、郷里ビルバオに帰る。以後臨時教師をしながらさまざまな種類の教授資格審査を受けるが失敗に終わる。

▼アフリカ分割をめぐるベルリン会議開催（〜八五）〔欧〕▼甲申の変〔朝鮮〕●アラス『裁判官夫人』〔西〕●R・デ・カストロ『サール川の畔にて』〔西〕●ペレーダ『ソティレサ』〔西〕●ウォーターマン、万年筆を発明〔米〕●トゥエイン『ハックルベリー・フィンの冒険』〔米〕●バーナード・ショー、〈フェビアン協会〉創設に参加〔英〕●**ヴェルレーヌ**『**呪われた詩人たち**』『昔と今』〔仏〕●ユイスマンス『さかしま』〔仏〕●エコゥト『ケルメス』〔白〕●シェンキェーヴィチ『火と剣によって』〔ポーランド〕●カラジャーレ『失われた手紙』〔ルーマニア〕●ビョルンソン『港に町に旗はひるがえる』〔ノルウェー〕●三遊亭円朝『牡丹燈籠』〔日〕

一八八七年

▼仏領インドシナ連邦成立〔仏〕▼ブーランジェ事件（〜八九）〔仏〕▼ルーマニア独立〔ルーマニア〕●ドイル『緋色の研究』〔英〕●**モーパッサン**『**モン＝オリオル**』『オルラ』〔仏〕●ロチ『お菊さん』〔仏〕●C・F・マイアー『ペスカーラの誘惑』〔瑞〕●ヴェラーレン『夕べ』〔白〕●テンニエス『ゲマインシャフトとゲゼルシャフト』〔独〕●ズーダーマン『憂愁夫人』〔独〕●フォンターネ『セシル』〔独〕●**H・バング**『**化粧漆喰**』〔デンマーク〕●ストリンドベリ『父』初演〔スウェーデン〕●ローソン『共和国の歌』〔豪〕●リサール『ノリ・メ・タンヘレ』〔フィリピン〕●二葉亭四迷『浮雲』（〜九一）〔日〕

一八八九年［二十五歳］

はじめての海外旅行。イタリアとフランスを訪れる。

▼パン・アメリカ会議開催〔米〕▼第二インターナショナル結成〔仏〕●パラシオ・バルデス『サン・スルピシオ修道女』〔西〕

●ハウエルズ『アニー・キルバーン』〔米〕●J・K・ジェローム『ボートの三人男』〔英〕●パリ万博開催、エッフェル塔完成〔仏〕●E・シュレ『偉大なる秘儀受領者たち』〔仏〕●ベルクソン『意識に直接与えられているものについての試論』〔仏〕●ブールジェ『弟子』〔仏〕●ダヌンツィオ『快楽』〔伊〕●ヴェルガ『親方ドン・ジェズアルド』〔伊〕●G・ハウプトマン『日の出前』〔独〕
●マーラー《交響曲第一番》初演〔ハンガリー〕●H・バング『ティーネ』〔デンマーク〕●ゲーラロップ『ミンナ』〔デンマーク〕
●W・B・イェイツ『アシーンの放浪ほかの詩』〔愛〕●トルストイ『人生論』〔露〕●森田思軒訳ユゴー『探偵ユーベル』〔日〕

一八九一年〔三十七歳〕

一月三十一日コンチャ・リサラガと結婚する。夫妻は九人の子供をもうけた。サラマンカ大学ギリシア語教授となる。

教授資格審査の席でアンヘル・ガニベを知る。

▼全ドイツ連盟結成〔独〕●ビアス『いのちの半ばに』〔米〕●ハウエルズ『批評と小説』〔米〕●ノリス『イーヴァネル』〔米〕●ワイルド『ドリアン・グレイの画像』〔英〕●ドイル『シャーロック・ホームズの冒険』〔英〕●W・モリス『ユートピアだより』〔英〕
●ハーディ『テス』〔英〕●バーナード・ショー『イプセン主義神髄』〔英〕●ユイスマンス『彼方』〔仏〕●シュオッブ『二重の心』〔仏〕
●モレアス、〈ロマーヌ派〉樹立宣言〔仏〕●パスコリ『ミリーチェ』〔伊〕●クノップフ《私は私自身に扉を閉ざす》〔白〕●ヴェーデキント『春のめざめ』〔独〕●S・ゲオルゲ『巡礼』〔独〕●G・ハウプトマン『さびしき人々』〔独〕●ポントピダン『約束の地』（〜九五）〔デンマーク〕●ラーゲルレーヴ『イエスタ・ベルリング物語』〔スウェーデン〕●トルストイ『クロイツェル・ソナタ』〔露〕
●マシャード・デ・アシス『キンカス・ボルバ』〔ブラジル〕●リサール『エル・フィリブステリスモ』〔フィリピン〕

一八九五年［三十一歳］
『生粋主義をめぐって *En torno al casticismo*』を雑誌に発表。
▼キューバ独立戦争［キューバ］●ペレーダ『山の上』［西］●S・クレイン『赤い武功章』［米］●ウェルズ『タイム・マシン』［英］
●ハーディ『日陰者ジェード』［英］●J・コンラッド『オールメイヤーの阿房宮』［英］●G・マクドナルド『リリス』［英］
●ヴァレリー『レオナルド・ダ・ヴィンチ方法序説』［仏］●ヴェラーレン『触手ある大都会』［白］●マルコーニ、無線電信を発明［伊］●レントゲン、X線を発見［独］●パニッツァ『性愛公会議』［独］●ブロイアー、フロイト『ヒステリー研究』［墺］
●ナンセン、北極探検［ノルウェー］●パタソン『スノーウィー・リヴァーから来た男』［豪］●樋口一葉『たけくらべ』［日］

一八九六年［三十二歳］
第三子ライムンドが生後間もなく脳膜炎を患い、さらに脳水腫を患う。
▼アテネで第一回オリンピック大会開催［希］▼エチオピア独立［アフリカ］●スティーグリッツ、「カメラ・ノート」誌創刊［米］
●ウェルズ『モロー博士の島』［英］●スティーヴンソン『ハーミストンのウィア』［英］●J・コンラッド『南海のあぶれもの』［英］
●ベックレル、ウランの放射能を発見［仏］●ヴァレリー『テスト氏との一夜』［仏］●ジャリ『ユビュ王』初演［仏］●プルースト『楽しみと日々』［仏］●ベルクソン『物質と記憶』［仏］●ラルボー『柱廊』［仏］●シェンキェーヴィチ『クオ・ヴァディス』［ポーランド］●H・バング『ルズヴィスバケ』［デンマーク］●フレーディング『しぶきとはためき』［スウェーデン］●チェーホフ『かもめ』

初演〔露〕●ダリーオ『希有の人びと』『俗なる詠唱』〔ニカラグア〕●ブラジル文学アカデミー創立〔ブラジル〕

一八九七年〔三十三歳〕

精神的な危機を経験、第一長編小説『戦争の中の平和』出版。

▼ヴィリニュスで、ブンド（リトアニア・ポーランド・ロシア・ユダヤ人労働者総同盟）結成〔東欧〕▼バーゼルで第一回シオニスト会議開催〔瑞〕●ガニベ『スペインの理念』〔西〕●H・ジェイムズ『ポイントンの蒐集品』『メイジーの知ったこと』〔米〕●**ハーディ**『**恋の霊**』〔英〕●ウェルズ『透明人間』〔英〕●J・コンラッド『ナルシッサス号の黒人』〔英〕●H・エリス『性心理学』（〜一九二八）〔英〕●テイト・ギャラリー開館〔英〕●A・フランス『現代史』（〜一九〇一）〔仏〕●**ジャリ**『**昼と夜**』〔仏〕●マラルメ『骰子一擲』『ディヴァガシオン』〔仏〕●ジッド『地の糧』〔仏〕●クリムトら〈ウィーン・ゼツェッシオン（分離派）〉創立〔墺〕●K・クラウス『破壊された文学』〔墺〕●シュニッツラー『死人に口なし』〔墺〕●S・W・レイモント『約束の土地』（〜九五）〔ポーランド〕●ストリンドベリ『インフェルノ』〔スウェーデン〕●B・ストーカー『ドラキュラ』〔愛〕

一八九九年〔三十五歳〕

セーレン・キルケゴールの名を知る。

▼ドレフュス有罪判決、大統領特赦〔仏〕▼第二次ボーア戦争勃発（〜一九〇二）〔南アフリカ〕●**ノリス**『**マクティーグ**』『ブリックス』〔米〕●ショパン『目覚め』〔米〕●J・コンラッド『闇の奥』『ロード・ジム』（〜一九〇〇）〔英〕●A・シモンズ『文学におけ

る象徴派の運動』〔英〕●**ジャリ『絶対の愛』**〔仏〕●ダヌンツィオ『ジョコンダ』〔伊〕●シェーンベルク《弦楽六重奏曲「浄夜」》〔墺〕●K・クラウス、個人誌「ファッケル（炬火）」創刊（〜一九三六）〔墺〕●ホルツ『叙情詩の革命』〔独〕●チェーホフ『ワーニャ伯父さん』初演、『犬を連れた奥さん』『可愛い女』〔露〕●トルストイ『復活』〔露〕●ゴーリキー『フォマー・ゴルデーエフ』〔露〕

一九〇〇年〔三十六歳〕

十月三十日、サラマンカ大学総長に任命される。

▼労働代表委員会結成〔英〕▼義和団事件〔中〕●ドライサー『シスター・キャリー』〔米〕●ノリス『男の愛する女』〔米〕●L・ボーム『オズの魔法使い』〔米〕●ジャリ『メッサリナ』〔仏〕●ペギー、「半月手帖」創刊（〜一四）〔仏〕●ベルクソン『笑い』〔仏〕●フォガッツァーロ『昔の小さな世界』〔伊〕●プランク、「プランクの放射公式」を提出〔独〕●S・ゲオルゲ『生の絨毯』〔独〕●フロイト『夢判断』〔独〕●ジンメル『貨幣の哲学』〔独〕●ヌシッチ『血の貢ぎ物』〔セルビア〕●ベールイ『交響楽（第一・英雄的）』〔露〕

一九〇二年〔三十八歳〕

一月七日、ライムンド死去。『愛と教育 *Amor y pedagogía*』出版。

▼革命的ナロードニキの代表によってSR結成〔露〕●バローハ『完成の道』〔西〕●バリェ＝インクラン『四季のソナタ』（〜〇五）〔西〕●H・ジェイムズ『鳩の翼』〔米〕●W・ジェイムズ『宗教的経験の諸相』〔米〕●スティーグリッツ、〈フォト・セセッション〉を結成〔米〕●ジッド『背徳者』〔仏〕●ホフマンスタール『チャンドス卿の手紙』〔墺〕●ツェッペリン、飛行船ツェッペリン

号建造〔独〕●モムゼン、ノーベル文学賞受賞〔独〕●アポストル『わが民族』〔フィリピン〕

一九〇三年

▼日露戦争〔日・露〕▼ロシア社会民主労働党、ボリシェビキとメンシェビキに分裂〔露〕●「エリオス」誌創刊〔西〕●A・マチャード『孤独』〔西〕●ヒメネス『哀しきアリア』〔西〕●バリェ＝インクラン『ほの暗き庭』〔西〕●ノリス『取引所』『小説家の責任』〔米〕●ロンドン『野性の呼び声』『奈落の人々』〔米〕●スティーグリッツ、「カメラ・ワーク」誌創刊〔米〕●バトラー『万人の路』〔英〕●ウェルズ『完成中の人類』〔英〕●ハーディ『覇王たち』（全三部、～〇八）〔英〕●J＝A・ノー『敵なる力』（ゴンクール賞創設。第一回受賞作に）〔仏〕●ロマン・ロラン『ベートーヴェン』〔仏〕●プレッツォリーニ、パピーニらが「レオナルド」創刊（～〇七）〔伊〕●サーバ『私の最初の詩の本』〔伊〕●T・マン『トーニオ・クレーガー』（『トリスタン』所収）〔独〕●デーメル『二人の人間』〔独〕●ラキッチ『詩集』〔セルビア〕●ビョルンソン、ノーベル文学賞受賞〔ノルウェー〕●永井荷風訳ゾラ『女優ナヽ』〔日〕

一九〇五年〔四十一歳〕

『ドン・キホーテとサンチョの生涯 *Vida de Don Quijote y Sancho*』出版。

▼ノルウェー、スウェーデンより分離独立〔北欧〕▼第一次ロシア革命〔露〕●アソリン『村々』『ドン・キホーテの通った道』〔西〕●ドールス『イシドロ・ノネルの死』『語録』（～三五）〔西〕●キャザー『トロール・ガーデン』〔米〕●バーナード・ショー『人と超人』初演〔英〕●チェスタトン『異端者の群れ』〔英〕●ラミュ『アリーヌ』〔瑞〕●ブルクハルト『世界史的考察』〔瑞〕●マリネッティ、ミラノで詩誌『ポエジーア』を創刊（～〇九）〔伊〕●リルケ『時禱詩集』〔墺〕●フロイト『性欲論三篇』〔墺〕●シェンキェーヴィチ、ノーベル文学賞受賞〔ポーランド〕●ヘイデンスタム『フォルクング王家の系図』（～〇七）〔スウェーデン〕

一九〇七年〔四十三歳〕

『詩集 *Poesías*』出版。

▼第二回ハーグ平和会議〔欧〕●A・マチャード『孤独、回廊、その他の詩』〔西〕●バリェ＝インクラン『紋章の鷲』〔西〕●ピカソ《アヴィニヨンの娘たち》〔西〕●ロンドン『道』〔米〕●W・ジェイムズ『プラグマティズム』〔米〕●キップリング、ノーベル文学賞受賞〔英〕●J・コンラッド『ノストローモ』『密偵』〔英〕●クローデル『東方の認識』『詩法』〔仏〕●ベルクソン『創造的進化』〔仏〕●S・ゲオルゲ『第七の輪』〔独〕●M・アスエラ『マリア・ルイサ』〔墨〕●夏目漱石『文学論』〔日〕

一九一三年〔四十九歳〕

『生の悲劇的感情 *Del sentimiento trágico de la vida*』出版。

▼第二次バルカン戦争▼ツァーベルン事件〔独・仏〕▼アルバニア独立〔アルバニア〕●アソリン『古典作家と現代作家』〔西〕●バローハ『行動の人の記録』（〜三五）〔西〕●バリェ＝インクラン『侯爵夫人ロサリンダ』〔西〕●キャザー『おゝ開拓者よ！』〔米〕●リヴィエール『冒険小説論』〔仏〕●アラン＝フルニエ『モーヌの大将』〔仏〕●プルースト『失われた時を求めて』（〜二七）〔仏〕●コクトー『ポトマック』（〜一九）〔仏〕●アポリネール『アルコール』『立体派の画家たち』〔仏〕●ラルボー『A・O・バルナブース全集』〔仏〕●サンドラール「シベリア鉄道とフランス少女ジャンヌの散文」（『全世界より』）〔瑞〕●ラミュ『サミュエル・ブレの生涯』〔瑞〕●パピーニ、ソッフィチと「ラチェルバ」を創刊（〜一五）〔伊〕●カフカ『観察』『火夫』『判決』〔独〕●デーブリーン

『タンポポ殺し』〔独〕●シェーアバルト『小惑星物語』〔独〕●ヤスパース『精神病理学総論』〔独〕●フッサール『イデーン』（第一巻）〔独〕●シュニッツラー『ベアーテ夫人とその息子』●マヤコフスキー『ウラジーミル・マヤコフスキー』〔露〕●ベールイ『ペテルブルグ』（〜一四）〔露〕●ウイドブロ『夜の歌』『沈黙の道』〔チリ〕●タゴール、ノーベル文学賞受賞〔インド〕

一九一四年〔五十歳〕

夏に家族とともにポルトガルを訪れる。サラマンカ大学総長を罷免される。『霧 *Niebla*』出版。

▼サライェヴォ事件、第一次世界大戦勃発（〜一八）〔欧〕●オルテガ・イ・ガセー『ドン・キホーテをめぐる省察』〔西〕●ヒメネス『プラテーロとわたし』〔西〕●ゴメス・デ・ラ・セルナ『グレーゲリアス』『あり得ない博士』〔西〕●スタイン『やさしいボタン』〔米〕●ノリス『ヴァンドーヴァーと野獣』〔米〕●ウェルズ『解放された世界』〔英〕●J＝A・ノー『かもめを追って』〔仏〕●ジッド『法王庁の抜穴』〔仏〕●ルーセル『ロクス・ソルス』〔仏〕●**ラミュ『詩人の訪れ』『存在理由』**〔瑞〕●ルッソロ『騒音芸術』〔伊〕●サンテリーア『建築宣言』〔伊〕●ジョイス『ダブリンの人々』〔愛〕●ガルベス『女教師』〔アルゼンチン〕

一九一七年〔五十三歳〕

『アベル・サンチェス *Abel Sánchez*』初版出版。

▼二月革命、十月革命、ソヴィエト政権樹立〔露〕●G・ミロ『シグエンサの書』〔西〕●ヒメネス『新婚詩人の日記』〔西〕●ピュリッツァー賞創設〔米〕●ピカビア、芸術誌「391」創刊〔仏〕●ルヴェルディ、文芸誌「ノール＝シュド」創刊（〜一九）

［仏］●ヴァレリー『若きパルク』［仏］●サンドラール『奥深い今日』［瑞］●ラミュ『大いなる春』［瑞］●芸術誌「デ・スタイル」創刊（〜三二）［蘭］●S・ツヴァイク『エレミヤ』［墺］●フロイト『精神分析入門』［墺］●モーリッツ『炬火』［ハンガリー］●クルレジャ『牧神パン』『三つの交響曲』［クロアチア］●ゲーラロップ、ポントピダン、ノーベル文学賞受賞［デンマーク］●レーニン『国家と革命』［露］●A・レイエス『アナワク幻想』［墨］●M・アスエラ『ボスたち』［墨］●J・M・ヌニェス、J・A・アラーヤ編『叙情の密林』［チリ］●グイラルデス『ラウチョ』［アルゼンチン］●バーラティ『クリシュナの歌』［インド］

一九二三年［五十九歳］

サラマンカ大学副学長となる。

▼プリモ・デ・リベーラがクーデタを起こし独裁政権を樹立［西］▼ミュンヘン一揆［独］▼関東大震災［日］●オルテガ・イ・ガセー、「レビスタ・デ・オクシデンテ」誌を創刊［西］●ゴメス・デ・ラ・セルナ『小説家』［西］●キャザー『迷える夫人』［米］●D・H・ローレンス『アメリカ古典文学研究』［英］●ハックスリー『クローム・イエロー』［英］●ラディゲ『肉体の悪魔』［仏］●ラルボー『秘やかな心の声……』［仏］●コクトー『山師トマ』『大胯びらき』［仏］●モラン『夜とざす』［仏］●F・モーリヤック『火の河』［仏］●バッケッリ『まぐろは知っている』［伊］●リルケ『ドゥイーノの悲歌』［墺］●カッシーラー『象徴形式の哲学』（〜二九）［独］●W・B・イェイツ、ノーベル文学賞受賞［愛］●M・アスエラ『悪女』［墨］●グイラルデス『ハイマカ』［アルゼンチン］●バーラティ『郭公の歌』［印］●菊池寛、「文芸春秋」を創刊［日］

一九二四年〔六十歳〕

二月二十日、追放令が出され、三月十日、フエルテベントゥーラ島に到着。七月九日、亡命し、七月二十八日、パリに到着、後にアンダイへと移る。

▼中国、第一次国共合作〔中〕●A・マチャード『新しい詩』〔西〕●ヘミングウェイ『われらの時代に』〔米〕●E・M・フォースター『インドへの道』〔英〕●I・A・リチャーズ『文芸批評の原理』〔英〕●ブルトン『シュルレアリスム宣言』、雑誌「シュルレアリスム革命」創刊（〜二九）〔仏〕●ラディゲ『ドルジェル伯の舞踏会』〔仏〕●サンドラール『コダック』〔瑞〕●ムージル『三人の女』〔墺〕●シュニッツラー『令嬢エルゼ』〔墺〕●デーブリーン『山・海・巨人』〔独〕●T・マン『魔の山』〔独〕●S・W・レイモント、ノーベル文学賞受賞〔ポーランド〕●ネズヴァル『パントマイム』〔チェコ〕●バラージュ『視覚的人間』〔ハンガリー〕●ヌシッチ『自叙伝』〔セルビア〕●アンドリッチ『短篇小説集』（第一集）〔セルビア〕●トゥイニャーノフ『詩の言葉の問題』〔露〕

一九二八年〔六十四歳〕

『アベル・サンチェス』第二版出版。

▼第一次五カ年計画を開始〔露〕●バリェ゠インクラン『主人万歳』〔西〕●G・ミロ『歳月と地の隔たり』〔西〕●ガルシア・ロルカ『ジプシー歌集』〔西〕●ギリェン『唄』（〜五〇）〔西〕●CIAM（近代建築国際会議）開催（〜五九）〔欧〕●D・H・ローレンス『チャタレイ夫人の恋人』〔英〕●V・ウルフ『オーランドー』〔英〕●**ハックスリー『対位法』**〔英〕●ブルトン『ナジャ』『シュルレアリ

スムと絵画』［仏］●マルロー『征服者』［仏］●クローデル『繻子の靴』（〜二九）［仏］●サン＝テグジュペリ『南方郵便機』［仏］●バタイユ『眼球譚』［仏］●ラミュ『地上の美』［瑞］●マンツィーニ『魅せられた時代』［伊］●シュピッツァー『文体研究』［墺］●ブレヒト『三文オペラ』初演［独］●ベンヤミン『ドイツ悲劇の根源』『一方通行路』［独］●ネズヴァル、タイゲ『ポエティズム宣言』［チェコ］●ウンセット、ノーベル文学賞受賞［ノルウェー］●ショーロホフ『静かなドン』［露］●グスマン『鷲と蛇』［墨］

一九三〇年［六十六歳］

三月九日、徒歩で国境を越えスペインに帰国。

▼プリモ・デ・リベーラ失脚［西］●オルテガ・イ・ガセー『大衆の反逆』［西］●S・ルイス、ノーベル文学賞受賞［米］●フォークナー『死の床に横たわりて』［米］●ドス・パソス『北緯四十二度線』［米］●マクリーシュ『新天地』［米］●ハメット『マルタの鷹』［米］●**セイヤーズ『ストロング・ポイズン』**［英］●エンプソン『曖昧の七つの型』［英］●マルロー『王道』［仏］●アルヴァーロ『アスプロモンテの人々』［伊］●ムージル『特性のない男』（〜四三、五二）［墺］●ヘッセ『ナルチスとゴルトムント』［独］●**アイスネル『恋人たち』**［チェコ］●T・クリステンセン『打っ壊し』［デンマーク］●ブーニン『アルセーニエフの生涯』［露］●ナボコフ『ルージンの防御』［露・米］●アストゥリアス『グアテマラ伝説集』［グアテマラ］●ボルヘス『エバリスト・カリエゴ』［アルゼンチン］

一九三一年［六十七歳］

国政選挙に出馬、当選する。四月十八日総長として大学に返り咲く。

▼アルフォンソ十三世亡命、第二共和政〔西〕●キャザー『岩の上の影』〔米〕●フォークナー『サンクチュアリ』〔米〕●ドライサー『悲劇のアメリカ』〔米〕●V・ウルフ『波』〔英〕●ニザン『アデン・アラビア』〔仏〕●ギユー『仲間たち』〔仏〕●サン＝テグジュペリ『夜間飛行』（フェミナ賞）〔仏〕●**ルヴェルディ『白い石』**〔仏〕●**G・ルブラン『回想』**〔仏〕●ケストナー『ファービアン』〔独〕●フロンスキー『パン』〔スロヴァキア〕●カールフェルト、ノーベル文学賞受賞〔スウェーデン〕●アグノン『嫁入り』〔イスラエル〕

一九三三年〔六十九歳〕

七月十二日、長女サロメ死去。

▼ヒトラー政権誕生〔独〕▼ニューディール諸法成立〔米〕●スタイン『アリス・B．トクラス自伝』〔米〕●**V・ウルフ『フラッシュ』**〔英〕●H・リード『現代の芸術』〔英〕●マルロー『人間の条件』（ゴンクール賞受賞）〔仏〕●クノー『はまむぎ』〔仏〕●〈プレイヤード〉叢書創刊（ガリマール社）〔仏〕●T・マン『ヤコブ物語』〔独〕●アンドリッチ『ゴヤとの対話』〔セルビア〕●フロンスキー『ヨゼフ・マック』〔スロヴァキア〕●ブーニン、ノーベル文学賞受賞〔露〕●西脇順三郎訳『ヂオイス詩集』〔日〕

一九三四年〔七十歳〕

五月十五日、妻コンチャ死去。九月二十九日、最終講義を行う。その名を冠する講座が開設される。サラマンカ大学終身総長を叙任される。グルノーブル大学より名誉博士号授与。

▼アルフォンソ十三世亡命、第二共和政〔西〕●F・スコット・フィッツジェラルド『夜は優し』〔米〕●H・ミラー『北回帰

線』〔米〕●J・M・ケイン『郵便配達は二度ベルを鳴らす』〔米〕●ハーストン『ジョナの瓢のつる』〔米〕●クリスティ『オリエント急行の殺人』〔英〕●セイヤーズ『ナイン・テイラーズ』〔英〕●H・リード『ユニット・ワン』〔英〕●M・アリンガム『幽霊の死』〔英〕●レリス『幻のアフリカ』〔仏〕●ラミュ『デルボランス』〔瑞〕●ピランデッロ、ノーベル文学賞受賞〔伊〕●ペソア『歴史は告げる』〔葡〕●デーブリーン『バビロン放浪』〔独〕●ヌシッチ『義賊たち』〔セルビア〕●ブリクセン『七つのゴシック物語』〔デンマーク〕●A・レイエス『タラウマラの草』〔墨〕

一九三六年［七十二歳］

オックスフォード大学より名誉博士号授与。サラマンカ大学終身総長を罷免、後に名誉を回復されたもののふたたび罷免。十二月三十一日、サラマンカで歿。

▼人民戦線内閣発足、モロッコでクーデタ、スペイン内戦勃発〔西〕●オニール、ノーベル文学賞受賞〔米〕●H・ミラー『暗い春』〔米〕●ドス・パソス『ビッグ・マネー』〔米〕●キャザー『現実逃避』『四十歳以下でなく』〔米〕●フォークナー『アブサロム、アブサロム！』〔米〕●J・M・ケイン『倍額保険』〔米〕●クリスティ『ABC殺人事件』〔英〕●ハックスリー『ガザに盲いて』〔英〕●M・アリンガム『判事への花束』〔英〕●セリーヌ『なしくずしの死』〔仏〕●ラミュ『サヴォワの少年』〔瑞〕●T・マン『エジプトのヨセフ』〔独〕●フッサール『ヨーロッパ諸科学の危機と超越論的現象学』（未完）〔独〕●K・チャペック『山椒魚戦争』〔チェコ〕●ネーメト『罪』〔ハンガリー〕●アンドリッチ『短篇小説集』（第二集）〔セルビア〕●ラキッチ『詩集』〔セルビア〕●クルレジャ『ペトリツァ・ケレンプーフのバラード』〔クロアチア〕●ボルヘス『永遠の歴史』〔アルゼンチン〕

訳者解題

難解な哲学書を繙くことに苦手意識のあるぼくのような人間にとって、ウナムーノというひとりの人間とその仕事は温かみがあり、どこか親しみをおぼえるものでありつつも、やはりその深淵に触れることはけっしてかなわない、はるか遠い惑星の運行のようである。単純に哲学者や思想家という枠で語ることはもちろんできないし、詩人、作家、劇作家という側面もあれば、ラテン語、ギリシア語といった古典語の専門家でもあり、大学人であるいっぽうで政治にも接近した。けれども、こうした多才な人物としてよりは、繊細にして脆くもある一面をそなえたひとつの孤独な魂として、また闘争者として彼を想像すると、妙にしっくりくるところがある。

さる二〇一八年は日本とスペインの外交が樹立されて一五〇周年、スペインの名門サラマンカ大学が創立されて八〇〇周年という節目の年にあたった。それを記念して駐日スペイン大使館では「いま、ウナムーノを問う」と題する展覧会が開催され、これに歩調をあわせる形で彼の長大な詩篇『ベラスケスのキリスト *El Cristo de Velázquez*』の翻訳と、佐々木孝の評論『情熱の哲学　ウナムーノと「生」の闘い』(『ドン・キホーテの哲学』の増補改訂版)が法政大学出版局より刊行された。★01

佐々木は装いを新たにした自著のまえがきで、日本におけるウナムーノの紹介は「一九七〇年代、法政大学出版局の『ウナムーノ著作集　全五巻』をもって本格化したかに見えたが、その後さして進展を見せぬまま世紀を越えた」と書いている。★02 とするなら、スペイン内戦のはじまりとともに混迷の底にあった祖国スペインを憂慮しながら一九三六年十二月三十一日に世を去ったミゲル・デ・ウナムーノの存在は、八十年以上の時を経て日本で再び脚光を浴びるようになったということだろうか。それは、あまりに楽観的な見方である。むろん真正にして唯一のウナムーノ像があるわけではないにせよ、「ユニークな哲学者」や「南欧のキルケゴール」といった文句が踊るばかりで、ウナムーノの仕事の断片的な紹介自体がその受容を阻んでいる側面がある。佐々木の指摘した状況はなんら変化を見せてはいないのである。

ウナムーノはその生涯に数多くの文章を残した。そこには哲学的な著作、評論、小説、詩、戯曲、そして膨大な量の論考が含まれる(いまだ全集に収められずにいるものもけっして少なくはない)。そのいず

★01——本稿執筆中に佐々木孝氏の訃報に接した。ウナムーノやオルテガなどスペインの哲学者の翻訳、紹介に尽力された氏のご冥福をお祈り申し上げる。

★02——佐々木孝『情熱の哲学　ウナムーノと「生」の闘い』法政大学出版局、二〇一八年、v頁。

れもが相互に連関／連環をし、反復をしながら巨大なウナムーノのテクスト宇宙を生み出していることを経験的に知るならば、それぞれを個別の作品として検討すること以上にイントラテクスト的な読みこそが実践されなければならないことが痛感されよう。彼の人生を彩った創作（creación）も批評（crítica）も、さらには危機（crisis）さえもまた、ウナムーノという人物に接近するうえでは相互に重要な意味を持つのであればなおのことである（後二者は語源的に同根）。ジャンルを超えてさまざまな作品が、ゆっくりとではあっても着実に紹介されることこそが望ましい。

ここでは前掲の佐々木の著書やその他の書き手によるスペイン語の伝記などを参考にしつつ、ウナムーノの生涯についてささやかな概観をした後、『アベル・サンチェス *Abel Sánchez*』という作品についてみていくこととする。メタフィクション的な結構を有する作品を数多くものした作家の、生涯について語ることとその作品について語ることは不可分の問題であるし、ことウナムーノという人物にかんしてはなおさらのことである。また、訳者による解題という範疇（はんちゅう）を超えるかもしれないが、この作品の主人公の固有名をめぐって、ウナムーノ自身によっても、また批評家、読者によっても暗鬱極まりないとされるこの作品の結末にひとつの贖罪がおとずれていることを指摘しておきたいと思う。書き手自身、作品が永遠の生を得ることを望んでいたのであれば、判で押したような解釈こそ厳に慎まねばならないと考えるからである。

ミゲル・デ・ウナムーノの生涯

ミゲル・デ・ウナムーノ・イ・フーゴは一八六四年九月二十九日スペイン・バスク地方の港湾都市ビルバオに生まれた。父親フェリックスは若くして新大陸にわたり、そこで成した財を元手に商売を始めた。母親のサロメはフェリックスの姪にあたる女性であった。夫妻は六人の子供をもうけ、ミゲルは第三子で長男にあたる。ウナムーノの生涯において重要な街はビルバオ、マドリード、サラマンカの三つであるが、大学入学までの時期を過ごし、学位取得後に戻って数年のあいだ雌伏(しふく)することになったこの街こそ、彼の人生観の基礎となった場所であろう。父親は一八七〇年、少年ミゲルが六歳の年に亡くなり、それ以降一家の生活は経済的に困窮することになるが、父親の残したささやかな蔵書が彼に人生最初の読書経験をもたらすこととなった。またおなじ年に生涯の伴侶となるコンセプシオン（コンチャ）・リサラガと出会っている。

一八七二年には第二次カルリスタ戦争が勃発する。カルリスタとは、一八三三年先王のフェルナンド七世の死によって王女イサベルが即位した際、自身もまた即位を宣言したフェルナンドの弟カルロス（カルロス五世を僭称）ならびにその血統を支持する勢力であり、教会や地方特権といった伝統的な価値観を尊重した。彼らの起こした内乱をカルリスタ戦争と呼び、十九世紀を通じてそれは三度におよんだ（一八三三－一八四〇、一八四六－一八四九、一八七二－一八七六）。しかしバスク地方では、戦域がカタルーニャとガリシアに限定されほとんど影響を及ぼさなかった第二次を勘定に入れず、最後のそれを第二次カルリスタ戦争と呼ぶことが多い。この戦争の最中、ウナムーノの住むビルバオの街はカルリスタによって包囲され、砲撃を受けた。一八七四年二月二十一日、自宅からほど近い家々の屋根にカルリスタの放った爆弾が落ち、この出来事は弱冠九歳であったミゲル少年に強い印象を残した。ビルバオの街とこの事件は、処女長編小説『戦争の中の平和 *Paz en la guerra*』にも描かれている。

一八八〇年、大学入学のためにウナムーノはビルバオを後にしてマドリードへと発った。マドリード中央大学（現在のマドリード・コンプルテンセ大学）では哲文学部に身を置いたが、大学の教室よりはむしろ私的な文化施設アテネオ・デ・マドリードや独学を通じて学識を深めた。意外なことに、ウナムーノの生涯でマドリードに長期間滞在したのはこの大学時代をおいてほかにない。またこの時期に教会のミサに足を運ぶことをやめている。一八八三年には『バスク民族の起源と前史にまつわる問題の批判 *Crítica del problema sobre el origen y prehistoria de la raza vasca*』で博士号を取得し、郷里ビルバオに帰った。以後、大学教授となるべく資格審査試験を受験するがことごとく失敗し、臨時教員などをして糊口をしのいだ。

一八九一年はウナムーノにとって大いなる転機となった年である。年来の恋人コンチャと結婚し、また悲願であった大学教授資格審査に合格してサラマンカ大学にギリシア語教授の職を得た。この教授資格審査の席でウナムーノはアンヘル・ガニベを知る。ガニベは後に領事となるための試験を受けて優れた成績で合格し、アントワープ（ベルギー）副領事、ヘルシンキ（フィンランド）領事、リガ（ロシア帝国領ラトビア、現在のラトビア共和国）領事を歴任することになる。ウナムーノとはリガ領事の時代に新聞紙上で公開往復書簡を交わすが、一八九八年十一月リガ市を流れるドヴィナ川に身を投げて自ら命を絶った。

ウナムーノはコンチャとのあいだに九人の子供をもうけたが、一八九六年に生まれた第三子ライムンドは生後間もなく脳膜炎を患い、さらに脳水腫を患った。六年後に世を去るまで話すことはおろか立つこともできなかった息子の病苦は、ウナムーノの心に暗い影としてのしかかった。自身の罪に対する神の罰としてこれを捉えることもあったようだ。ライムンドの揺り籠を仕事場に運び込み、その傍らを離れることはなかった。この息子のことを扱っていると思われる詩篇が数多く残る。無垢な我が子を襲った不幸はウナムーノに大きな衝撃を与え、その誕生の翌年一八九七年に彼は精神的な危機を経験する。マヌエル・パディージャ・ノボアの伝記『岐路の哲学者ウナムーノ』が伝えるところによってそれをみてみよう。

> 三月のその宵、彼は不眠に苦しんでいた。落ち着きなく寝返りを繰り返していた。突然心臓が動きを止めるのをおぼえ、「虚無の天使」の鉤爪の上に自身を見出した。すさまじい衝撃であった。とどめようのない涙と叫びが溢れた。その時哀れな妻は彼を抱きしめ、「ぼうや（イホ・ミオ）、どうし

たの?」と言いながら優しく撫でた。翌日彼は姿を消し、ドミニコ会の修道院に身を寄せると三日の間祈りをささげてそこで過ごした。★03

この出来事は明らかに『アベル・サンチェス』という作品の中に痕跡を残している(第九章など)。苦悩の原因は複合的なものであっただろうが、自身の信仰の問題とライムンドの病気がふたつながら彼を苛んだことは疑いを入れないだろう。この年最初の小説『戦争の中の平和』が出版される。

翌一八九八年もまた、ウナムーノにとって、またスペインにとって重要な年となった。キューバ支配をめぐってアメリカ合衆国と対立したスペインは、戦艦メイン号の爆発をきっかけに米西戦争に突入し敗北する。かつては広大な植民地を有し、太陽の沈むことなき帝国領土を誇ったスペインではあったが、南アメリカ大陸の植民地はその多くが十九世紀に独立を果たしており、残る最後の領土としてのキューバを失うことで、その国威は地に堕ちた。この敗戦を機に「スペインとは何か」という問いを発した作家、思想家の一群を後代の文学史家は九八年の世代と呼びならわす。このようなグループ化にどれほどの実質的価値があるかは不明だが、この敗戦が大なり小なり当時のスペイン人に衝撃を与えたことは否めない。おなじ年に自殺を遂げたアンヘル・ガニベを哲学者フリアン・マリアスは一八九八年以前の九八年の世代と呼んだ。★04

一九〇〇年十月三十日、ウナムーノはサラマンカ大学総長に任命される。このことに一番の驚きをおぼえたのはウナムーノ自身であったかもしれない。ウナムーノは古典語学者として教授の地位にあったが、興味深いことに専門分野における業績をほとんどといって持たない。これはウナムーノが大学という組織の中での専門化された知のあり方と博識というものに疑問を抱いていたことのあらわれでもあるが、それでも弱冠三十六歳の若者がスペイン屈指の名門大学の総長に任命されたことは異例の事態であった。反対する勢力も少なくなかったが、学生からの支持は絶大であった。教育者としてのウナムーノは真摯かつ熱心に若者の教育に取り組んだ。そしてまた、一八九八年の敗戦を経験した世代の若者が真に必要としたのは、象牙の塔に閉じこもった知性ではなく、同時代のオピニオン・リーダーともいえる存在であっただろう。総長時代のウナムーノは『愛と教育 *Amor y pedagogía*』(一九〇二)、『ドン・キホーテとサンチョの生涯 *Vida de Don Quijote y Sancho*』(一九〇五)、『詩集 *Poesías*』(一九〇七)、『生の悲劇的感情 *Del sentimiento trágico de la vida*』(一九一三)といった作品を世に問うてその期待に応えている。ウナムーノこそは混迷の時代に若者たちの先頭に立ってサラマンカ大学の舵を取るのにふさわしい人物であったといえよう。

　このように充実をみせていた総長時代のウナムーノであるが、その幕切れは突然にやってくる。一九一四年、家族とともにポルトガルを訪れた後サラマンカに戻ったウナムーノは、間接的に自身

★03——Padilla Novoa, *Manuel. Unamuno, filósofo de encrucijada*. Madrid: Cincel, 1985, pág. 56.

★04——フリアン・マリーアス『裸眼のスペイン』西澤龍生、竹田篤司訳、論創社、一九九二年、四九六頁。

が総長を罷免されたことを知る。サラマンカの位置するカスティーリャ・イ・レオン自治州の新聞『エル・ノルテ・デ・カスティーリャ』で主筆を務めたエミリオ・サルセドの伝記によれば、ウナムーノはサラマンカの街のマヨール広場の柱廊より目にした新聞広告の見出しによってそれを知ったという。★05 一半の当事者に知らされることなく取られたこの決定は、時の公教育・芸術大臣フランシスコ・ベルガミン・ガルシアとウナムーノとのあいだの対立に起因している。ベルガミンが要請したとあるコロンビア人学生の中等教育課程修了資格の認定をウナムーノが撥ねつけたのである。サラマンカ大学総長の罷免という事件は国の内外に大きな反響を呼び起こしたが、『アベル・サンチェス』の初版（一九一七）が世に問われたのはそのような文脈においてである。一九二三年、ウナムーノはサラマンカ大学の副学長となるが、この年に樹立されたプリモ・デ・リベーラの独裁政権によって翌一九二四年に追放に処された。

一九二四年二月二十日、追放令が出されるとウナムーノはギリシア語の新約聖書、ダンテの『神曲』、レオパルディの『詩集』を携えて流刑の地に向かい、三月十日にカナリア諸島を構成するフエルテベントゥーラ島に到着した。しかしウナムーノはこの島に長くはとどまらなかった。フランスの新聞『ル・コティディアン』が亡命を援け、彼はこの島を後にする。彼の出発に先んじて政府による恩赦がフエルテベントゥーラ島に届いていたので、結果としてこれは自発的な亡命ということになる。ウナムーノは七月二十八日パリに到着するが、望郷の念から翌年にはフランス側バスク地方のアンダイへと居を移した。アンダイはピレネー・アトランティック県に位置し、ビダソア川という小さな流れを挟んでスペインのイルンに隣接する。文字通りスペインの目と鼻の先である。帰ろうと思えばいつでも歩いて橋を渡り帰れるその場所から、ウナムーノは故郷を眺めて過ごした。六年におよんだ亡命の期間はウナムーノの創作活動にとってもっとも充実をみせた時期でもあった。『小説はいかにしてつくられるか *Cómo se hace una novela*』や『キリスト教の苦悶 *La agonía del cristianismo*』（ともに一九二五年）をはじめとする代表作の数々は亡命の日々に書かれた。ウナムーノが再び祖国の土を踏んだのはミゲル・プリモ・デ・リベーラが失脚した一九三〇年のことであった。その三月九日、彼は徒歩で国境を越えてイルンに入った。

一九三一年四月十八日、ウナムーノは十六年ぶりにサラマンカ大学の総長に返り咲いた。以降はサラマンカだけでなく、国内外でも注目を集める人物となった。国政選挙に出馬して当選を果たしたほか、その作品の数々がさまざまな国の言語に翻訳紹介されるようになった。しかし、ウナムーノに残された時間はけっして長いものではなく、その間にも悲しい事件が続いた。一九三三年には長女サロメ、一九三四年には最愛の妻コンチャが相次いで亡くなるのを見送った。この年には大学での最終講義を行い、サラマンカ大学の終身総長の称号を受け、一九三五年にはスペイン共和国名

★05——Salcedo, Emilio. *Vida de don Miguel. Unamuno en su tiempo, en su España, en su Salamanca*. Salamanca: Anaya, 1964, pág. 185.

誉市民の栄誉を与えられた。こうしてその栄光は頂点に達したかにみえたが、一九三六年内戦の勃発とともにふたたびの転落を迎える。共和国政府を批判した廉で終身総長を罷免されたのち、反政府側によってその称号を回復されるが、ふたたびそれは剝奪された。その年の春よりすでに病を患っていたウナムーノにもはや力は残されてはいなかった。せめてもの抵抗のあらわれとしてサラマンカの自宅に引きこもったウナムーノは十二月三十一日、孤独と失望の内に息を引き取った。

『アベル・サンチェス』について

ここに訳出した『アベル・サンチェス』はすでに述べたとおり、一九一七年に出版された後、ウナムーノ自身による改稿を経て一九二八年にその第二版が上梓された。今日われわれが読むことのできるこの作品テクストは、そのほとんどがこの第二版に依拠している。

この作品については、ウナムーノ自身が『三つの模範小説と序 *Tres novelas ejemplares y un prólogo*』の「序」において「恐らく〔彼の小説作品〕すべての中でもっとも悲劇的であろう[06]」と評し、生涯の終わりに近づきつつあった一九三五年二月に記された『霧 *Niebla*』の第三版によせた「『霧』についての覚書」では「激情の物語、わがスペインのもっとも恐るべき共有の腫瘍の奥深くに私のメスを突き刺して成し遂げた悲痛極まりなき実験[07]」と呼んでいる。さらには、本作の「第二版への序文」においてこれを「読み返したくはなかった物語」と呼び、その作品の憂鬱な陰気さについて「読者は悪臭を放つ人間の魂の深い裂け目にメスをあてて膿汁を吹き出させることを望みはしないものだ」（本書七頁）と、自身が晩年に繰り返すことになる比喩を用いている。

執筆されたのがサラマンカ大学総長の職を追われた時期であり、推敲（すいこう）の筆を執ったのが追放されて望郷と孤独の念に苛まれていた時期であることを考えあわせれば、それが作品全体に横溢する暗い調子を説明するかのように見えるが、ウナムーノのテクスト宇宙の中で、『アベル・サンチェス』に展開されているテーマ群は、彼の作品にあって繰り返し取り上げられているものでもある。したがって、作者が不遇をかこって過ごした時期に執筆された作品というバイアスをもってこれを解釈することは、作品の理解を限定し、その豊饒（ほうじょう）さを抑制することになるだろう。もっとも悲劇的である作品が、人生におけるもっとも悲劇的な時期に書かれたと考える必要はなく、むしろウナムーノの生涯に通底する思想や苦悩、問題意識の数々が偶然その時期にひとつの形をとったものが『アベル・サンチェス』という作品であったと考えたい。

★06――ミゲル・デ・ウナムーノ「三つの模範小説と序」鼓直、杉山武訳、『ウナムーノ著作集4』法政大学出版局、一九七四年、二五二頁。

★07――ミゲル・デ・ウナムーノ「霧」高見英一訳、『ウナムーノ著作集4』法政大学出版局、一九七四年、一八頁。訳文では「激情」は「受難」と訳されている。原文はpasiónでありどちらとも訳せるように見えるが、後述するように『アベル・サンチェス』が嫉妬という激情によって生涯にわたり苦しむ男の物語であることから、ここではそのように改めた。むろん、それがひとつの「受難」であることにはなんの変りもない。

作品は三十八の章とそれに先立つ簡素な注記で構成され、さらに「第二版への序文」が巻頭に置かれるのが出版上の慣習となっている。興味深いことに、訳者が確認することのできたいくつかの英訳では、ことごとくこの「第二版への序文」が欠落していた。[★08] しかしウナムーノが序文というものに認めた重要性、かつまたそれがひとつの小説を構成する場合さえもあるという作者に特有の事情を考慮すれば、[★09]「第二版への序文」を欠く『アベル・サンチェス』は片手落ちといえよう。

作品がもたらす陰惨な読後感に比して、物語の筋はきわめてシンプルである。ふたりの幼馴染の生涯における出来事を、ホアキン・モネグロを中心に描き出しているにすぎない。タイトルがその内容を裏切っているように見えるが、じっさいにはアベル・サンチェスとホアキン・モネグロはふたりでひとつの存在であり、表と裏であり、光と影である。したがって、いっぽうについて語ることは必ず他方について語ることになるのだ。人物の固有名を標題に持つ小説の伝統がヨーロッパにはあり、そこにはひとりの人物の生をじっくりと物語る作品が多いが、本作ではふたりの人物のそれが断片を結び合わせた形で語られる。全知の語り手によって人物の心の動きが遺漏なく描かれているかと思えば、細かい矛盾が目につく箇所もきわめて多い。さらには、冒頭に付された注記の性格も読者には明かされないままである。誰が何の目的で編んだ書物であるのかがいっこうにわからないのだ。『アベル・サンチェス』が一筋縄ではいかないテクストであることだけは間違いない。
第三十二章でホアキン・モネグロはアベル・サンチェスの文学的肖像を後代に残すことを想像して

ほくそ笑んでいるが、今読者が手の内にしている作品がミゲル・デ・ウナムーノその人にとってのそうした作品である可能性を否定できないとすれば、われわれはウナムーノお得意のメタフィクションの迷路に投げ込まれているのかもしれない。

　作品が最初に発表された時点（一九一七）から数えて百年以上の時を閲していることもあり、『アベル・サンチェス』をめぐってはすでに同時代のスペイン社会の状況やウナムーノ自身を取り巻いた状況から出発する伝記的、あるいは精神分析的な観点から批評がなされてきた。またその影響関係や、語りの構造、作中に引かれ主人公ホアキン・モネグロに強いインパクトを与える作品『カイン』を著したバイロン卿との比較研究も現れている。しかしここでは、従来の批評において看過されてきた問題を提起し、ウナムーノの小説すべての中でもっとも悲劇的であり、悲痛極まりなき実

★08――Unamuno, Miguel de. *Abel Sánchez and other stories.* Tr. Anthony Kerrigan. Washington D. C.: Gateway Editions, 1956; Unamuno, Miguel de. *Abel Sánchez.* Tr. John Macklin. Oxford: Aris & Phillips, 2006; Unamuno, Miguel de. *Abel Sánchez: Story of a passion.* Tr. s.d. [¿Marciano Guerrero?] CreateSpace Publishing [On-demand publishing service of Amazon], 2014.

★09――「三つの模範小説と序」の「序」において彼は、その序もまた一つの小説であり、さらには小説に関する小説、小説論の解説であるとさえ述べている。序文という特権的な場において発揮されるこのような文学的実験はミゲル・デ・セルバンテス以来のものであり、ウナムーノ自身もそのユニークな批評『ドン・キホーテとサンチョの生涯』を執筆するほどにセルバンテスに傾倒していたことを考えても、「第二版への序文」の価値は強調してもしすぎることはないだろう。なお、セルバンテスの名は『アベル・サンチェス』第三十一章にあらわれる。

験であるところのこの作品に希望の光を見出すことが、作者の断言に抗してなお可能であることを示しておきたい。

「第二版への序文」でウナムーノは書いている。

この小説の初版は概ね、スペイン国内にあってみごとな成功をおさめなかった。ひとえに、私自身が描き、彩色に心を砕いた陰気で憂鬱な寓意的なその表紙が、それを阻んだのであるが、もしかすると物語自体の憂鬱な陰気さがそれを阻んだのかもしれない。
（本書七頁）

この言葉どおり、『アベル・サンチェス』の初版は、作品を手に取ることさえ躊躇させるような禍々（まがまが）しい表紙で飾られていた。画面左上部に描かれた月のような円の中にはギリシア語でΦθόνος（プトノス）と記されている。プトノスとはギリシアの神

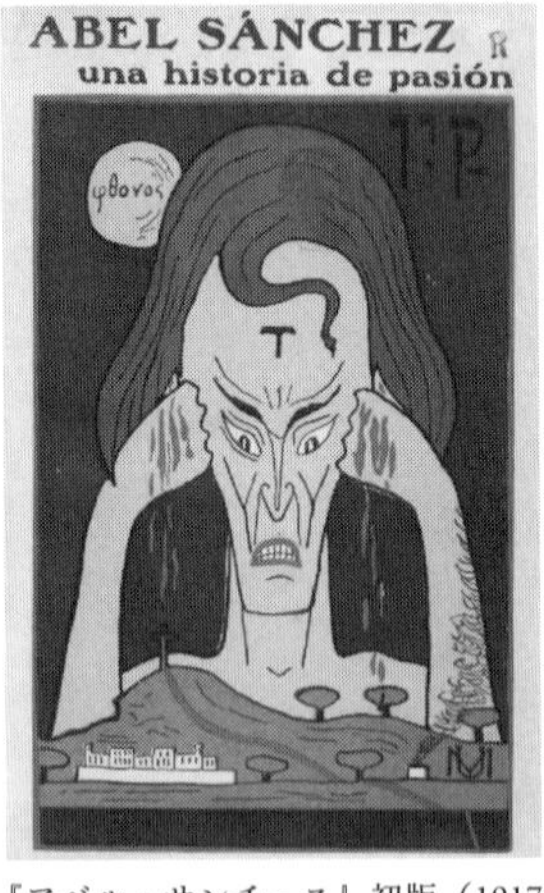

ABEL SÁNCHEZ
una historia de pasión

『アベル・サンチェス』初版（1917年）の表紙。スペイン国立図書館蔵。左上にプトノス、右上にカインとそれぞれギリシア語、ヘブライ語で記されている。右下のモノグラムは作者の頭文字MとUを組み合わせたものだろう。

話において嫉妬の擬人化したものにほかならない。嫉妬こそは、哲学者そして作家、詩人としてのウナムーノの生涯に通底する一大テーマであった。そしてその問題の根底にあったのは、旧約聖書の「創世記」第四章に語られる地上最初の殺人、すなわちカインとアベルの逸話に対する関心である。それはカルロス・クラベリアの論文において縷説されているとおり、すでに最初期の著書『風景 *Paisajes*』（一九〇二）において現れ、『抒情ソネットのロサリオ *Rosario de sonetos líricos*』（一九一〇）、『生の悲劇的感情』（一九一三）といった重要な書目のみならず、数多くの雑誌新聞記事においても姿をみせている。なかでも『アベル・サンチェス』ともっとも共通する主題を扱う戯曲『エル・オトロ *El otro*』（一九〇〇）の存在を見逃すことはできないだろう。[★10] さらには、表紙に描かれた恐ろしい形相を浮かべた人物の右上にはヘブライ語でカイン（קין）と記されている。したがってこの表紙の中には、カインとアベル両人の名が共存している。

　アリアンサ社から刊行された『アベル・サンチェス』の校訂者ルシアーノ・ゴンサレス・エヒドは登場人物の固有名について、「ウナムーノはつねに意図をもって登場人物に名前を与える」[★11]とし

★10――この作品は『ウナムーノ著作集5』に「他者」として翻訳されている（一三五－一八二頁）。しかしながら、双子の兄弟のあいだで殺人が行われ、殺人者自身が自分はふたりのうちのどちらであったのかが分からなくなるという設定を有する作品であることを考慮すれば、「もうひとりの男」と訳されねばならない。

★11――González Egido, Luciano. "Introducción." Miguel de Unamuno. *Abel Sánchez*. Ed. Luciano González Egido. Madrid: Alianza, 1987, pág. 38.

たうえで、ホアキン・モネグロの名について次の説明を与えている。

> スペイン語にカインの名が存在しないので、ウナムーノはその中心人物に、アクセントのある《i》を末尾に持ち、その前に開母音《a》を具える音声学的に類似した名を与えた。★12

小説の内容からだけでなく、前述のとおり表紙の中にアベルとカインの名がスペイン語とヘブライ語で共存していることからも、ホアキンをカインと解することは正しいだろう。きわめて明晰にして説得力に富む説明である。ホアキン＝カインの代用については前例があり、一九〇一年のレオポルド・アラスの短編小説『ベネディクティノ』においても、カインに相当する人物にはホアキンの名が与えられていた。ウナムーノはアラスに自作の評を請うていたことが知られる。彼の与えた影響はけっして小さくはないだろう。

　しかしながら、従来の批評が注意を払ってこなかった点として、ホアキンもまた聖書に由来する名であることを指摘できよう。カインとアベルの逸話が含まれる旧約聖書にあっては、ユダ王国十八代王エホヤキム、十九代王エホヤキンの名が「列王記 下」第二十四章などにみられる。しかし、キリスト教信仰にとってより大きな意味を持つホアキンの名は、新約聖書に含まれてはいないものの、外典福音書のひとつである「原ヤコブ福音書」や、ヤコブス・デ・ウォラギネが集成した『黄金伝説』に語られる処女マリアの父、すなわちイエスの祖父としてのそれである。

けれども、聖母は、ほんとうにダビデの血を引いていた。なによりの証拠に、聖書は、キリストがダビデの家系に生まれたとくりかえし証言しているのである。ところで、キリストは、聖母おひとりによって生まれたのであるから、マリアもダビデの家の出であり、それもナタンの枝から出ていることは明白である。というのは、ダビデには、男子がふたりあった。ナタンとソロモンである。このナタンの家系からレビが出た。ダマスコスのヨハネスが書いているように、レビはメルキとパンタルの父、パンタルはバルパンタルの父、バルパンタルはヨアキムの父、ヨアキムが聖母マリアの父であった。[★13]

キリストの祖父としてのヨアキムが民間伝承の中で崇拝され続けてきたことを考えれば、[★14] 今日のス

★12――González Egido, Luciano. "Introducción." Miguel de Unamuno. *Abel Sánchez.* Ed. Luciano González Egido. Madrid: Alianza, 1987, pág. 39.

★13――ヤコブス・デ・ウォラギネ『黄金伝説 3』前田敬作、西井武訳、平凡社ライブラリー、二〇〇六年、三八九頁。

★14――新旧約の聖書のみをウナムーノの霊感源と考える必要はない。『エル・オトロ』で互いに激しい憎悪を抱き、殺人を犯すことになる双子の名がコスメとダミアンという『黄金伝説』に語られる双子の聖人（聖コスマスと聖ダミアノス）よりとられていたことを想起されたい。

ペインにおいてもありふれた名前のひとつであるホアキンは、必ずしもカインのイメージと結び合わせられる必要はないのである。

物語の結末ちかく、『アベル・サンチェス』第三十七章で、ホアキンの手が首にかけられると同時にアベルは狭心症の発作を起こして絶命するが、その場面を背後から目撃していたのはほかでもない孫のホアキンだった。幼いホアキンはアベルの死を理解できない様子だったが、ホアキンはつぎのように孫に語りかける。


「そう、死んでしまったんだ！　そして死なせたのは私だ、私が殺したんだ。アベルはカインに殺されたのさ、おまえのおじいちゃんであるカインによって。私を殺したいなら殺しておくれ。こいつは私からおまえを奪おうとしていたんだ。おまえの愛を奪おうと。そしてそれを奪っていった。だがそれは奴の、こいつのせいなんだ」

鳴咽を漏らしながら彼は、言葉を重ねた。

「おまえを、哀れなカインに残された唯一の慰めであるおまえを奪おうとしたのだよ！　カインには何も許されないというのか？　こっちへおいで、おじいちゃんを抱きしめておくれ」

幼い子供は、彼の言うことを何ひとつ理解することもなく逃げていった。（本書二〇二頁）

このようにホアキン自身がみずからをカインと呼び、その嫉妬によって引き起こされる最大の不幸を完成する。しかし、「創世記」において土地を追い出され、神の御顔からかくれ、地上をさまよい歩くこととなったカインと同様の運命をホアキンがたどることになったわけではないことに留意しよう。

最終の第三十八章でホアキンはその生涯に対する幻滅と、嫉妬という自身の激情に対する嘆きを口にしながら臨終を迎える。だが、その死に先立ってある人物の許しを請う。


「私を許してくれるかい？」彼は孫に尋ねた。

「許すべきことなど何も」アベルが言った。

「許すと言ってちょうだい、おじいちゃんのそばに行って」母親が息子に言った。

「許すよ」子供は耳元で囁いた。

「もっとはっきりと、ぼうや、私を許すと言っておくれ」

「許すよ」

「そうだ、ただおまえから、まだ理性の働きを持たないおまえ、無垢なおまえからのみ、私は許しを必要とするんだ。そしてアベルおじいちゃんを忘れてはいけないよ、おまえに絵を描いてくれたね。忘れたりしないいね？」


（本書二〇六頁）

彼はほかでもなくその孫の許しを請う。ホアキンがカインであると同時にヨアキムであるならば、嫉妬の激情に翻弄される生涯を送りながら、その罪を孫であるところの幼子に許されて死を迎えていることは注目に値しよう。いうまでもなく、キリスト教信仰にあってヨアキムの孫は贖罪を果たすべく地上に遣わされた存在である。この人間の暗部を深く抉るような小説の最後に、ホアキン・モネグロの許しが置かれていることの重要性は強調してもしすぎることはない。ホアキンは終生それから逃れたいと願った激情から自由になることはなかった。しかし、その苦悩は「後から来るもの」の許しによって贖われたといえるのである。妻アントニア、アベルの未亡人エレナ、ホアキナとアベルの娘夫婦、孫のホアキンに見守られて迎えた死がアベルの突然の死に比べて幸福であったということもできよう。

この作品の結末に一抹の希望を見出すことが『アベル・サンチェス』という作品全体に横溢する暗鬱な雰囲気とそぐわないと考えるとすれば、それは短絡的といえよう。小説の基調とは異なる軽やかなユーモアもまたこの作品には垣間見られるからである。そしてそれらはいずれも、いかにもウナムーノらしいユーモアなのである。蛇足となるが、いくつか例を挙げる。

はじめに、スペイン語の地口を挙げることができる。第二章でエレナとアベルが交わす会話の中に「いい人みたいだし、いいところのある従兄弟ではあるけれど、あら、冗談を言おうとしてるんじゃないのよ」（本書二九頁）という台詞がある。「いいところ」、「従兄弟」とかけて訳出したが、原文にある«primo»は「従兄弟」であると同時にスペイン語の口語で「お人好し」の意味があることに由来する冗談となっている。

また、第三章ではエレナの肖像を描き上げたアベルにホアキンがつぎのように言う。

「そうして彼女の姿を永遠にとどめるんだ。君の絵が生きるのと同じだけ彼女も生きるだろう。そうさね、生きるというのとはちがうな。なぜならエレナはもう生きていないわけだから、永らえるんだ。大理石だか何だかでできているかのように永らえるんだ。なぜなら彼女は冷たくて硬い石だから、君と同じように冷酷だからさ。」

（本書三四頁）

ここでの「永らえる（動詞）」、「硬い（形容詞）」、「冷酷（形容詞）」はすべて同音異義語«dura»を用いている。内容の辛辣さとは別に、同じ語の反復による独特のリズムがここには生起している。

さらに、スペインの文学的伝統へのささやかなオマージュを織り込んだと思しい箇所もあるので指摘しておこう。第五章でエレナとアベルの婚姻が行われる場面で、ホアキンは彼らの「はい」という誓いの返事を耳にすることに強い恐怖をおぼえる。またその席にあってホアキンは石の招客（まろうど）のように押し黙っているが、これらはそれぞれレアンドロ・フェルナンデス・デ・モラティンの『娘たちの「はい」という返事』(一八〇六)とティルソ・デ・モリーナの『セビーリャの色事師と石の招客』(一六一六)を想起させる。どちらの作品も結婚に関係があることを考えれば、第五章におけるこれらの挿入は偶然ではありえないだろう。

作者自身によって陰鬱な作品の烙印を押されているとしても、『アベル・サンチェス』に膠着した読みしか許されないとすれば、自律性を有するテクストに対する批評の価値は甚だ減じることになる。それよりも有意義なのは果敢に読み直しを挑みかけ、より豊饒な解釈へと道をひらくことだろう。それこそが今ウナムーノを読むということにほかならないし、作品に永遠の生を与えることになるのだ。第二版の推敲作業を終えたウナムーノは作品の末尾に「擱筆セリ!」(本書二〇九頁)という一文を書き付けたが、そのことの意味さえなお疑問に付される余地があるのである。

翻訳にあたって

本書は、Unamuno, Miguel de. *Abel Sánchez*, segunda edición, Madrid: Renacimiento, 1928. を全訳したものである。

また、重要な欠落は以下に示す校訂版より補った。註の作成と解説の執筆にあたってはこれらすべてに多くを負っている。感謝したい。

Unamuno, Miguel de. *Abel Sánchez.* Luciano González Egido (Ed.). Madrid: Alianza, 1987.
Unamuno, Miguel de. *Abel Sánchez.* Carlos A. Longhurst (Ed.). Madrid: Cátedra, 1995.
Unamuno, Miguel de. *Abel Sánchez, San Manuel Bueno, mártir, Cómo se hace una novela y otras prosas.* Domingo Ródenas (Ed.) Barcelona: Crítica, 2006.

校訂者ロングハーストは『アベル・サンチェス』という作品について完全な版は存在しないと書いたが、それは今日でも変わることがない。おそらくはウナムーノ自身が看過していたと思われる誤りさえ『アベル・サンチェス』のテクストには含まれている（第二十三章）。それについては本書「註」で指摘をしたうえで適切と思われる最小限の変更を加えたが、そうすることに少なからぬ良心の呵責をおぼえたことを告白しておく。しかしながら、読みうる作品テクストとしてこれを読者に供する上では、それがもっとも誠実な態度であったと考えるとき、聊（いささ）かの慰撫（いぶ）を得るところもある。その是非については、読者諸賢の判断を俟ちたい。そのほか、聖書からの引用にあたっては日本聖書刊行会による新改訳を参照した。バイロン卿『カイン』からの引用にあたっては岩波文庫所収の島田謹二氏による訳を参照した。ただし文脈に合わせて適宜改変した場合がある。

訳文について、どうしても付言しておきたいことがある。作中では「癩（らい）」という言葉を幾度となく使用した。この言葉によって惹起（じゃっき）される社会的な差別意識ゆえに、現在ではハンセン病という名称がひろく用いられている。したがって、このように書くことに躊躇をおぼえないではなかったが、つぎの事情が「癩」という言葉を用いることを後押しした。

ひとつには、年譜にも示したとおりノルウェーのアルマウェル・ハンセンによる癩菌の発見は一八七三年のことにすぎず、本作執筆時点（初版は一九一七年）においてもなおこの病に対する恐れは絶大のものであったという歴史的文脈によるものである。作品の執筆当時において特効薬はいまだ発明されておらず、効能が限定的な大風子油（だいふうしゆ）やその製剤による治療がウナムーノ存命中はなお主流であった。結核治療薬であったプロミンがハンセン病の治療に転用されるようになったのは一九四一年以降のことにすぎない。

また日本における癩＝ハンセン病の言い換えが優生保護法の行きすぎた適用という過去の政策における過ちを払拭するために推進されていることも指摘しておきたい（同法は一九九六年、優生思想部分を削除して母体保護法と改められた）。欧米の諸言語にも癩をハンセン病と言い換えるものはあるが、そうであればなおのこと癩（lepra）という言葉で原著が著されたことを重んじるべきであると考えた。

ウナムーノがカインとアベルの故事を引いた旧約聖書の昔から、今日ハンセン病と呼ばれるもの以外にも、人々が深い恐怖をおぼえた病の呼び名として癩という言葉が存在した。科学的な知見を持たなかった人々に暗愚野蛮の誹り（そしり）を向けることは公正ではない。この作品の書かれた同時代の文脈においては根源的な恐怖の対象としてそれがあり、ホアキン・モネグロにとっての嫉妬もまたそうした性格のものであった。そのことから、安易な言い換えをすることで正しく翻訳できなくなることを危惧したのである。機械的な言い換えが差別を撤廃するわけではない。言葉に罪があるのではなく、人に罪があるのだ。訳文をめぐって悪意ある誤解が生じないことを切に願う。

振り返っては自分の精神の暗部を抉り出すような、苦しい仕事であった。ぼくの背中をいつも見守ってくれる千尋、豊作、隆生に愛をこめて。

二〇一九年春　　訳者識

参考文献

[欧文]

- Clavería, Carlos. "Sobre el tema de Caín en la obra de Unamuno." Antonio Sánchez Barbudo (Ed.). *Miguel de Unamuno. El escritor y la crítica.* Madrid: Taurus, 1974, págs. 227-49.
- Cobb, Christopher. "Sobre la elaboración de Abel Sánchez." *Cuadernos de la Cátedra Miguel de Unamuno.* XXII (1972), págs. 127-147.
- Hudson, Ofelia M. *Unamuno y Byron: La agonía de Caín.* Madrid: Pliegos, 1991.
- Marías, Julián. *Miguel de Unamuno.* Madrid: Espasa-Calpe, 1950.
- Martínez, Izaskun. "Biografía de Miguel de Unamuno." Grupo de estudios peirceanos. Universidad de Navarra. 2007. (http://www.unav.es/gep/UnamunoPerfilBiografico.html consultado 19/04/2019)
- McGaha, Michael D. "Abel Sánchez y la envidia de Unamuno." *Cuadernos de la Cátedra Miguel de Unamuno.* XXI (1971), págs. 91-102.
- Nicholas, Robert L. *Unamuno, narrador.* Madrid: Castalia, 1987.
- Nieto García, María Dolores. "El mito de Caín y Abel en Abel Sánchez, de miguel de Unamuno." Fidel López Criado (Ed.). *Héroes, mitos y monstruos en la literatura española contemporánea.* Santiago de Compostela: Audavira, 2009, págs. 81-86.
- Padilla Novoa, Manuel. *Unamuno, filósofo de encrucijada.* Madrid: Cincel, 1985.
- Round, Nicholas G. *Unamuno. Abel Sánchez* (Critical Guides to Spanish Texts). London: Grant & Cutler, 1974.
- Salcedo, Emilio. *Vida de don Miguel. Unamuno en su tiempo, en su España, en su Salamanca.* Salamanca: Anaya, 1964.
- Sinclair, Alison. Uncovering the mind. Unamuno, the unknown and the vicissitudes of self. Manchester: Manchester Univ. Press, 2001.
- Torres Torres, José Manuel. "Joaquín Monegro: El vano intento de liberar una pasión." *Ogigia.* Núm. I (2007), págs. 41-49. (https://dialnet.unirioja.es/descarga/articulo/2279126.pdf consultado 19/04/2019)

▼Unamuno, Miguel de. *Abel Sánchez.* Luciano González Egido (Ed.). Madrid: Alianza, 1987.
▼—. *Abel Sánchez.* Carlos A. Longhurst (Ed.). Madrid: Cátedra, 1995.
▼—. *Abel Sánchez, San Manuel Bueno, mártir, Cómo se hace una novela y otras prosas.* Domingo Ródenas (Ed.) Barcelona: Crítica, 2006.

［**邦文**］

▼荒井献編『新約聖書外典』講談社文芸文庫、一九九七年
▼ヤコブス・デ・ウォラギネ『黄金伝説』前田敬作、西井武訳、全四巻、平凡社ライブラリー、二〇〇六年
▼ミゲル・デ・ウナムーノ『ウナムーノ著作集』法政大学出版局、全五巻、一九七二－一九七三年
▼ミゲール・デ・ウナムーノ『ベラスケスのキリスト』執行草舟監訳、安倍三﨑訳、法政大学出版局、二〇一八年
▼佐々木孝『情熱の哲学　ウナムーノと「生」の闘い』法政大学出版局、二〇一八年
▼フリアン・マリーアス『裸眼のスペイン』西澤龍生、竹田篤司訳、論創社、一九九二年

〔著者略歴〕

ミゲル・デ・ウナムーノ〔Miguel de Unamuno 1864–1936〕

バスク地方ビルバオ生まれのスペインの思想家、作家。一八九八年の米西戦争以後のスペインを憂慮する〈九八年世代〉の書き手の一人として、『生の悲劇的感情』に代表される哲学書のほか、ユニークな評論や小説、戯曲、詩作品を数多く著した。思想家オルテガ・イ・ガセーらが高弟として名を連ねるなど、現代スペイン思想に大きな足跡を残している。

〔訳者略歴〕

富田広樹〔とみた・ひろき〕

一九七八年、北海道生まれ。東京大学大学院総合文化研究科博士課程修了。学術博士。現在北九州市立大学文学部准教授。専門は十八世紀スペイン文学。訳書にホセ・デ・カダルソ『モロッコ人の手紙／鬱夜』(現代企画室、二〇一七)、著書に『エフィメラル』(近刊)がある。

〈ルリユール叢書〉

アベル・サンチェス

二〇一九年七月八日　第一刷発行

著者　ミゲル・デ・ウナムーノ
訳者　富田広樹
発行者　田尻　勉
発行所　幻戯書房
郵便番号一〇一―〇〇五二
東京都千代田区神田小川町三―十二　岩崎ビル二階
電話　〇三(五二八三)三九三四
FAX　〇三(五二八三)三九三五
URL　http://www.genki-shobou.co.jp/
印刷・製本　美研プリンティング

ISBN978-4-86488-171-5 C0397

〈ルリユール叢書〉発刊の言

　厖大な情報が、目にもとまらぬ速さで時々刻々と世界中を駆けめぐる今日、かえって〈遅い文化〉の意義が目に入りやすくなってきました。例えば、読書はその最たるものです。それというのも読書とは、それぞれの人が自分のリズムで本を読み、日々の生活や仕事、世界が変化する速さとは異なる時間を味わう営みでもあります。人間に深く根ざした文化と言えましょう。

　本はまた、ページを開かないときでも、そこにあって固有の時間を生みだすものです。試しに時代や言語など、出自を異にする本が棚に並ぶのを眺めてみましょう。ときには数冊の本のなかに、数百年、あるいは千年といった時間の幅が見いだされるかもしれません。そうした本の背や表紙を目にすることから、すでに読書は始まっています。

　気になった本を手にとり、一冊また一冊と読んでいくと、目には見えない書物同士の結び目として「古典」と呼ばれる作品があることに気づきます。先人の知を尊重し、これを古典として保存、継承していくなかで書物の世界は築かれているのです。かつて盛んに翻訳刊行された「世界文学全集」も、各国文学の古典を次代の読者へと手渡し、共有する試みでした。

　古今東西の古典文学は、書物という形をまとって、次代や言語を越えて移動します。〈ルリユール叢書〉は、どこかの書棚でよき隣人として一所に集う――私たち人間が希望しながらも容易に実現しえない、異文化・異言語・異人同士が寛容と友愛で結びあうユートピアのような――〈文芸の共和国〉を目指します。

　また、それぞれの読者にとって古典もいろいろです。私たちは、そのつど本を読みながら、時間をかけた読書の積み重ねのなかで、自分だけの古典を発見していくのです。〈ルリユール叢書〉は、新たな古典のかたちをみなさんとともに探り、育んでいく試みとして出発します。

Relíure〈ルリユール〉は「製本、装丁」を意味する言葉です。
ルリユール叢書は、全集として閉じることのない
世界文学叢書を目指し、多種多様な作品を綴じながら、
文学の精神を紐解いていきます。
一冊一冊を読むことで、読者みずからが〈世界文学〉を
作り上げていくことを願って——

［本叢書の特色］
❖名作の古典新訳から異端の知られざる未発表・未邦訳まで、世界各国の小説・詩・戯曲・エッセイ・伝記・評論などジャンルを問わず紹介していきます（刊行ラインナップをご覧ください）。
❖巻末には、外国文学者ならではの精緻、詳細な作家・作品分析がなされた「訳者解題」と、世界文学史・文化史が見えてくる「作家年譜」が付きます。
❖カバー・帯・表紙の三つが多色多彩に織りなされた、ユニークな装幀。

Reliure

〈ルリユール叢書〉刊行ラインナップ

[既刊]

アベル・サンチェス	ミゲル・デ・ウナムーノ[富田広樹＝訳]
フェリシア、私の愚行録	ネルシア[福井寧＝訳]

[以下、続刊予定]

従弟クリスティアンの家で 他五篇	テーオドール・シュトルム[岡本雅克＝訳]
呪われた詩人たち	ポール・ヴェルレーヌ[倉方健作＝訳]
アムール・ジョーヌ	トリスタン・コルビエール[小澤真＝訳]
マクティーグ サンフランシスコの物語	フランク・ノリス[高野 泰志 訳]
聖伝	シュテファン・ツヴァイク[宇和川雄・籠碧＝訳]
仮面の陰 あるいは女性の力	ルイザ・メイ・オルコット[大串尚代＝訳]
ニルス・リューネ	イェンス・ピータ・ヤコブセン[奥山裕介＝訳]
三つの物語	スタール夫人[石井啓子＝訳]
エレホン	サミュエル・バトラー[小田透＝訳]
不安な墓場	シリル・コナリー[南佳介＝訳]
聖ヒエロニュムスの加護のもとに	ヴァレリー・ラルボー[西村靖敬＝訳]
笑う男[上・下]	ヴィクトル・ユゴー[中野芳彦＝訳]
ミルドレッド・ピアース	ジェイムズ・M・ケイン[吉田恭子＝訳]
パリの秘密[1〜5]	ウージェーヌ・シュー[東辰之介＝訳]
名もなき人々	ウィラ・キャザー[山本洋平＝訳]
コスモス 第一巻	アレクサンダー・フォン・フンボルト[久山雄甫＝訳]
ボスの影	マルティン・ルイス・グスマン[寺尾隆吉＝訳]
ナチェズ族	シャトーブリアン[駿河昌樹＝訳]

＊順不同、タイトルは仮題、巻数は暫定です。この他多数の続刊を予定しています。